敦煌吐魯番本《文選》輯校
下冊

金少華　著

目次

江　賦

【題解】

　　底卷編號為 Дх.18292，起郭璞《江賦》「欐杷積薄於濆隑，楛楉森嶺而羅峯」李善注「《淮南子》曰：南遊江潯」之「曰」，至「薈潭隩，被長江」之「潭」，僅存五上半行，正文大字，小注雙行，行有界欄，行款疏朗，書法精美。

　　李梅《敦煌吐魯番寫本〈文選〉研究》首先比定為「《文選》卷十二郭景純《江賦》李善注殘片」，並加校錄[1]（簡稱「李梅」）。

　　今據《俄藏》錄文，以胡刻本《文選》為校本，校錄於後。

（前缺）

曰：南遊江潯。許慎[1] ☐☐尋。楊、楉，亦二木名也。☒（楊）[2] ☐☐繁有藂[3]。劉淵☒（林）[4] ☐☐杖。又☒（吳）[5] ☐丈也[6]。葭蒲雲蔓[7]，☐☐一爭反[8]。蘭，澤蘭也。《尔雅》曰[9]：

1　浙江大學 2003 年碩士學位論文，第 5 頁。

紅，龍古〔10〕。揚〔11〕 ⎡＿＿＿＿⎤也。耗，耳利反。茸，▢（而容反）〔12〕。
▨▨（蔭潭）⎡＿＿＿＿⎤

（後缺）

【校記】

〔1〕　「許慎」下底卷殘泐，胡刻本作「注曰潯水涯也音」。此為「橌
　　　杞積薄於潯涘，楛榱森嶺而羅峯」李善注，「許慎」上「南遊江
　　　潯」乃《淮南子》正文，「許慎」下「注」字據李善注例不當有，
　　　六臣本皆無；胡刻本「許慎注曰」四字僅佔三個字的位置，「注」
　　　字蓋修版所添。又參見下條。

〔2〕　楛　底卷殘存上半，茲據胡刻本校補。以下凡殘字據胡刻本補
　　　出者不復一一注明。「楛」下底卷殘泐，胡刻本作「音隸」。按
　　　底卷雙行小注右行十三字（不計「注」），小注左行依胡刻本則
　　　僅十一字，而右行尚較左行疏朗，行款有誤，疑「楛音隸」下
　　　尚有「榱音連」三字。考六臣本《江賦》正文「楛」下夾注「力
　　　計」、「榱」下夾注「連」，此皆五臣音；胡刻本賦文「楛」下無
　　　音注，「榱」下夾注「連」。蓋李善注「楛音隸」與五臣音「力計」
　　　不同（讀音則無異），故得以保留於注中；「榱」字音二家無殊，
　　　則承襲六臣本格式夾注於賦文內，而李注中節略「榱音連」三
　　　字。實則李注原本概不於正文內夾注音切，參見校記〔8〕
　　　〔12〕。又底卷此行下半截殘泐部分之賦文胡刻本作「桃枝篔簹
　　　實」，「篔」「簹」二字下分別夾注「筠」「當」，同樣襲自六臣本，
　　　非李善音注。

〔3〕　藂　胡刻本作「叢」。李梅云：「『藂』為『叢』的俗字，敦煌
　　　寫本中常見。」

〔4〕　「林」下底卷殘泐，胡刻本作「蜀都賦注曰桃枝竹屬也可為」。

〔5〕　「吳」下底卷殘泐，胡刻本作「都賦注曰篔簹竹生水邊長數」。考胡刻本卷五左思《吳都賦》劉逵注引《異物誌》「篔簹生水邊，長數丈」，無「竹」字，此注引疑衍。又《吳都賦》正文「篔簹」《文選集注》作「篔當」，劉注「篔簹」則作「員當」。「篔簹」為「員當」之增旁字。

〔6〕　也　胡刻本無。

〔7〕　「蔓」下底卷殘泐，胡刻本作「以蘭紅雲蔓言多而無際也采色相映也」。

〔8〕　一爭反　胡刻本無。李梅云：「『一爭反』當為「櫻」字反切，胡刻本此字未注音，六臣本於正文「櫻」字下標小字『一爭，五臣本作一諍』。」按李梅所云六臣本為李善五臣合併本系統的叢刊本，「一爭」為李善音。今底卷「一爭反」在李善注內，尚存李注本原貌。參見校記〔2〕。

〔9〕　尒雅曰　胡刻本「尒」作「爾」。「尒」為「尒」手寫變體；《說文》「尒」「爾」字別，但從古代文獻的實際使用情況來看，二字多混用不分，說見張涌泉師《敦煌俗字研究》[2]。

〔10〕　龍古　胡刻本作「蘢舌」。胡克家《文選考異》云：「案『舌』當作『古』，各本皆譌。」李梅云：「考《爾雅·釋草》：『紅，蘢古，其大者蘬。』郭璞注曰：『俗呼紅草為蘢鼓，語轉耳。』清郝懿行疏曰：『上文蘢天蕎即此，通作龍。』寫卷作『龍古』確，『蘢舌』形近而誤。」

〔11〕　「揚」下底卷殘泐，胡刻本作「皜耗擢紫茸皜白也耗與茸皆草

2　張涌泉《敦煌俗字研究》（第二版），第250頁。

花」,「皥」「秏」「葺」三字下分別夾注「杲」「二」「而容反」。「皥白也秏與葺皆草花」九字李注無法平均分為兩行,胡克家《文選考異》云:「袁本、茶陵本無『與』字,是也。」

〔12〕 秏耳利反葺而容反　「而」字底卷殘存右上角少許筆畫,「容」字殘泐,「反」字殘存右下角少許筆畫;胡刻本無此八字音注。胡克家《文選考異》云:「茶陵本有『秏耳利切』四字,在注中『皆草花也』下,乃善音。袁本亦誤去。」至於刻本賦文「秏」下的夾注音切「二」(參見上條),胡氏以為乃五臣音。按叢刊本與茶陵本相同,「秏耳利反」四字確為李善音注,底卷可證,胡氏之說是也。又明州本、奎章閣本(與袁本同屬五臣李善合併本系統)賦文「葺」下夾注「善本作而容切」,可知胡刻本賦文「葺」下的夾注音切「而容反」為李善音。檢胡刻本卷二二謝靈運《於南山往北山經湖中瞻眺》詩「新蒲含紫葺」李注云:「《江賦》曰:擢紫葺葺。」胡氏《考異》云:「此下當有『而容切』三字。袁、茶陵二本正文下有此音,合并六家因複出而刪。尤(袤)仍其誤,於是『葺而容切』本以四字為句者僅存一『葺』字,而不可通矣。凡善音多割裂刪削,無以全復其舊,依此等例推之。」其說極是,前後兩條李注正可互證。茲據補「而容反」三字。

答客難、解嘲

【題解】

　　底卷編號為 P.2527，起東方朔《答客難》「竭精馳說，並進輻湊者，不可勝數」之「不」，至揚雄《解嘲》「或釋褐而傅」句，由七紙粘合而成，後六紙完整，每紙十九行，第一紙僅存七行（首六行上截殘泐），全卷殘存共計一百二十一行。正文大字，小注雙行，行款疏朗，書法精美。

　　該卷是我國學人最早見到的敦煌寫卷之一，一九一〇年吳縣蔣黼撰題記云：「存百二十一行，起東方曼倩《答客難》，迄揚子雲《解嘲》，首尾皆缺，書體遒美，與《穀梁傳》同。凡『虎』『世』『治』字皆缺筆，『旦』字不缺，疑亦高宗時內庫本也。與今本相較，凡今本釋意之處，此皆從略，知此為崇賢初次表上之本，而今本北海補益之

本也。」[1] 劉師培於一九一一年也曾撰寫校勘性題跋，唯計底卷為一百二十二行[2]，後人多承其誤。

饒宗頤《敦煌本文選斠證》（二）有詳考，謂底卷文句多與《漢書》相合，李善注例亦較傳世刻本《文選》謹嚴[3]。另外底卷之「注文詳略、科段分劃」也頗異於傳世刻本，屈守元《昭明文選雜述及選講》據以證成「（唐李匡乂）《資暇集》所謂李善《選》注至於三、四，當時旋被傳寫之說」[4]。

又底卷凡遇重文，皆複出而不作重文符號，不同於一般的敦煌寫卷。上引蔣黼題記所揭 P.2536《春秋穀梁傳集解》亦同此例。蔣氏懷疑兩寫卷均為「高宗時內庫本」，或是也。

底卷背面並無內容，《施目》著錄云「P.2527v 祈禱文」，乃重複抄寫上一條「P.2526v 祈禱文」之誤[5]。

劉師培《敦煌新出唐寫本提要》（簡稱「劉師培」）、饒宗頤《敦煌本文選斠證》（二）（簡稱「饒宗頤」）、羅國威《敦煌本〈昭明文選〉研究》（簡稱「羅國威」）都曾對底卷作過校勘。

今據 IDP（國際敦煌項目）網站的彩色照片錄文，以胡刻本《文選》為校本，校錄於後。底卷凡「某某反」胡刻本皆作「某某切」，校

1　載羅振玉《鳴沙石室古籍叢殘》，收入黃永武主編《敦煌叢刊初集》第 8 冊，第 689 頁。按：所謂《穀梁傳》指 P.2536《春秋穀梁傳集解（莊公十九年—閔公二年）》，卷末題記云「龍朔三年三月十九日書吏高義寫」，影本亦見於《鳴沙石室古籍叢殘》（考詳許建平師《敦煌經籍敍錄》，第 283-285 頁）。又蔣氏所云「北海」指李善子李邕。

2　劉師培《敦煌新出唐寫本提要》，《劉申叔遺書》，第 2011 頁。

3　《新亞學報》第 3 卷第 2 期，1958 年 2 月，第 305-320 頁。按東方朔《答客難》及揚雄《解嘲》皆載於《漢書》本傳。

4　屈守元《昭明文選雜述及選講》，第 34 頁。

5　《敦煌遺書總目索引新編》，第 241 頁。

記中不複述及。

（前缺）

▨▨（不可）勝▨（數）〔1〕。悉▨▨（失）門戶〔2〕。使蘸〔3〕▨（秦）、▨▨（之世）〔4〕，▨（曾）不得▨（掌）▨日▨（時）異事異〔5〕。

雖▨身〔6〕乎哉？《詩》曰：鼓鐘□□□□□（于宮，聲聞于外）。□▨▨（臣善曰）〔7〕：《毛詩·小雅》文也。毛□（萇曰）：有諸中必刑見於外〔8〕。▨（鶴）鳴于九臯，聲聞于天〔9〕。臣善曰：《毛詩·小雅》文也。□▨（毛萇）曰：臯，澤也〔10〕。苟能脩身，何患不榮？太公體行仁義，七十有二乃設▨（用）於文武，得▨（明）信厥說〔11〕，封七百歲〔12〕▨（而）不絕。臣善曰：《說菀〔13〕》：鄒子說梁王曰：太公年七十而相周，九十而封齊。此士所以日孳孳敏行〔14〕而不敢怠也。臣善曰：《孟子》曰：雞鳴而起，孳孳為善，舜之徒也。譬若鶩鴒〔15〕，飛且鳴矣。臣善曰：《毛詩》曰：題彼脊令〔16〕，載飛載鳴。毛萇曰：題，視也。《傳》曰：天不為人之惡寒而輟其冬，▨（地）不為人之惡險而輟其廣，君子不為小人之匈匈而易其行。天有常度，地有常形，君子有常行。君子道其常，小人計其功。《詩》云：礼義之不愆〔17〕，何恤人之言？臣善曰：皆《孫卿子》文也〔18〕。水至清則無魚，人至察則無徒。冕而前旒，所以蔽明；黈纊塞耳〔19〕，所以塞聰〔20〕。臣（善）曰：皆《大戴礼》孔子之辭也〔21〕。黈▨（纊），以黃綿為丸，懸之於冕，以當兩耳，所以塞聰也。□（劉）兆《穀梁傳注》曰：黈，黃色也。土斗反〔22〕。明有所不見，聰有所不聞。舉大德，赦小過〔23〕，毋求備〔24〕於一人之義也。臣善曰：《論語》曰：仲弓為季氏

宰，問政，子曰：先有司，小過，舉賢才。《尚書》曰：與人弗求備，檢身若弗及〔25〕。枉而直之，使自得之；優而柔之，使自求之；揆而度之，使自索之。臣善曰：皆《大戴礼》孔子之辭也。《家語》亦同。王肅曰：雖當直枉，縱容使自得也〔26〕。優寬和柔之，使自求其宜也。揆度其法以開示之〔27〕，使自索得也。趙岐〔28〕《孟子注》曰：使自得之〔29〕，使自得其本善性也。蓋聖人之教化如此，欲其自得之。自得之，則敏且廣矣。

今世之處士，魁然無徒〔30〕，廓然獨居。上觀許由，下察接輿。計同范蠡〔31〕，忠合子胥。臣善曰：《史記》曰：勾踐之栖會稽，范蠡令卑辭厚礼以遺▨（之）〔32〕，▨（後）欲伐吳，勾踐復問蠡，蠡曰可矣，遂滅之。子胥，▨（已）見上〔33〕。天下和平，與義相扶。寡偶少徒，固其宜也，子何疑於予哉？若夫燕之用樂毅，秦之任李斯，酈食其之下齊，臣善曰：《史記》曰：樂毅去趙適魏，聞燕昭王招賢〔34〕，樂毅為魏昭王使於燕昭，以礼待之〔35〕，遂委質為臣下。李斯，已見上〔36〕。《漢書》：酈食其謂上曰：臣請說齊王〔37〕，使▨▨（為漢）而稱東蕃。上曰：善。乃說齊，齊王田廣以為然，酒聽食其，罷歷下守戰俻〔38〕。說行如流，曲從如環。所欲必得，功若丘山。海內定，國家安。是遇其時者也，子又何怓〔39〕之邪？語曰：以管闚天〔40〕，以蠡測海，以莛撞鍾〔41〕，豈通其條貫〔42〕，考其文理，發其音聲哉？服虔曰：莚，音管。張晏曰：蠡，瓠瓢也。文穎曰：莛，音稾莛〔43〕。臣善曰〔44〕：《莊子》〔45〕：魏牟謂公孫龍曰：子乃規規而求之以察〔46〕，索之以辯，是直〔用〕管闚天〔47〕，用錐指地，不亦小乎？《說菀》：趙襄子謂子路曰：吾嘗問孔子曰：先生事七十君，無明君乎？孔子不對，何謂賢邪？子路曰：建天下之鳴鍾，撞之以莛，豈能發其聲哉〔48〕？猶是觀之，譬由鼮鼩之襲狗，孤豚〔49〕

之咋虎，至則靡耳，何功之有？如淳曰：鸓，音精。服虔曰：鼩，音旬。臣善曰〔50〕：李巡《尔雅注》曰〔51〕：鸓鼩一名奚鼠。應劭《風俗通》曰：案《方言》〔52〕：豚，猪〔53〕子也。今人相罵曰孤豚、豚子是也〔54〕。今以下愚而非處士，雖欲勿困，固不得已。此適足以明其不知權變，而終或於大道也〔55〕。

【校記】

〔1〕　不可勝數　「不可」二字及「數」字底卷皆有殘損，茲據胡刻本校補。以下凡殘字、缺字據胡刻本補出者不復一一注明。此句下胡刻本有注文「《文子》曰：群臣輻湊」七字。

〔2〕　失門戶　「失」字底卷殘損上半，而王重民所攝舊照片尚完整無缺，本行最後一字「秦」、後行「之世曾」及「掌」字、又後行「時」字皆同[6]。「失」上底卷殘泐，胡刻本作「力慕之困於衣食或」。又「或失門戶」句下胡刻本有注文「言上書忤旨，或被誅戮」九字。

〔3〕　蘇　胡刻本作「蘇」。《干祿字書·平聲》：「蘇蘇，上俗下正。」[7]下凡「蘇」字同。

〔4〕　「之世」上底卷殘泐，胡刻本作「張儀與僕並生於今」。

〔5〕　日時異事異　「日」上底卷殘泐，據行款應是八個大字，胡刻本則有「故安敢望侍郎乎傳曰天下無害雖有聖人無所施才上下和同雖有賢者無所立功故」三十四字。饒宗頤云：「以位置計，此行只泐八個字，文句與《漢書》同。各刻本『日時異』之上

6　李德範《敦煌西域文獻舊照片合校》，第51頁。

7　施安昌《顏真卿書干祿字書》，第19頁。

與《史記》同。」按李善所據《答客難》底本應為《漢書》集注本而非蕭統《文選》原帙（參見校記〔7〕），文句固當與《漢書》東方朔本傳相合，胡刻本「傳曰」至「立功」二十六字蓋據六臣本或《史記》增補。唯「侍郎」二字《漢書》作「常侍郎」[8]，尚多一字。王先謙《漢書補注》引宋祁說云：「『常』字當刪。」[9] 考《後漢書·班固傳》「固自以二世才術，位不過郎」李賢注引《答客難》亦云「安敢望侍郎乎」，與胡刻本及五臣本《文選》相合，宋說可從，底卷所殘泐者當是「故安敢望侍郎乎故」八字。又胡刻本「曾不得掌故，安敢望侍郎乎」句下有注文「應劭《漢書注》曰：掌故，百石吏，主故事者」十五字，「故曰時異事異」句下有注文「《韓子》曰：文王行仁義而王天下，偃王行仁義而喪其國，故曰時異則事異」二十八字。

〔6〕　「身」上底卷殘泐，胡刻本作「然安可以不務脩」。

〔7〕　臣善曰　「善」字底卷殘存下半，「曰」字漫漶，右下角尚可辨識，「臣」字殘泐，茲均據底卷體例擬補；胡刻本無此三字。考底卷所存東方朔《答客難》及揚雄《解嘲》二篇皆載於《漢書》本傳，《漢書》諸家舊注多為李善所留存，劉師培云：「此卷之例，李氏自注均冠『臣善曰』三字，所引《漢書》舊注則各冠

8　《漢書》第 9 冊，第 2865 頁。以下凡引《漢書》所載《答客難》及顏師古注，不復一一出注。

9　王先謙《漢書補注》第 9 冊，第 4535 頁。按《史記·滑稽列傳》載東方朔《答客難》作「常侍侍郎」（第 10 冊，第 3206 頁）。以下凡引《史記》所載《答客難》，不復一一出注。

姓名在李注前。」是為李注本原貌[10]。而胡刻本刊落「臣善曰」，李注與舊注遂不可區分；若僅有李氏自注，則幸無此病，如此節注「毛詩」上未冠姓名，據例尚可知為李善注。下凡胡刻本刊落「臣善曰」而未導致混淆者不復一一出校。

〔8〕　有諸中必刑見於外　胡刻本無「刑」字，「外」下有「也」字。羅國威云：「《毛詩・小雅・白華》毛傳云『有諸宮中必形見於外』，敦煌本『諸』下脫『宮』，『形』作『刑』；尤刻本、明州本、叢刊本『諸』下脫『宮』，『必』下脫『形』。」按《文選》諸本皆無「宮」字，未可遽定為脫訛。《漢書》顏師古注云：「《小雅・白華》之詩也。言苟有於中，必形於外也。」當即本諸毛傳，「言苟有於中」句亦無「宮」字。又《韓詩外傳》引《白華》「鼓鐘于宮，聲聞于外」而釋之曰「言有中者必能見外也」[11]，亦同。「鼓鐘于宮」誠然足以「聲聞于外」，至於宮中所有之物，則未必皆能「形見」於宮外。毛傳「有諸中必形見於外」乃泛說，無需連「宮」字為文，傳本誤衍，當以李善注引為正。「刑」為「形」之假借字，敦煌吐魯番寫卷多借「刑」為「形」。胡刻本李注無「形」字，似以「有諸中」與「見於外」為儷偶爾加刪改（上引《漢書》顏注則「苟有於中」「必形於外」相儷偶，可資比勘），蓋非原貌。

〔9〕　鶴鳴于九皋聲聞于天　「皋」字底卷原作「皐」，注同。《說文》「皋」篆從白、從夲，夲隸變作「手」，說見顧藹吉《隸辨・豪

10　按揚雄《甘泉賦》載《漢書》本傳，胡刻本《文選》卷七《甘泉賦》作者名「楊子雲」下李善注云：「然舊有集注者，並篇內具列其姓名，亦稱『臣善』以相別。佗皆類此。」

11　屈守元《韓詩外傳箋疏》，第430頁。

韻》[12]。茲據胡刻本錄作「皋」。胡刻本「鵠」作「鶴」，無前
「于」字。饒宗頤云：「《漢書》『鵠』作『鶴』，有『于』字，
與《毛詩》合。」按五臣本無「于」字，與《史記》相同，底卷
則合於《漢書》（參見校記〔5〕）。又羅國威云：「此乃《毛詩‧
小雅‧鶴鳴》文，《毛詩》作『鶴』，『鵠』與『鶴』古字通。」
按《說文‧鳥部》：「鶴，〔鶴〕鳴九皋，聲聞于天。」「鵠，鴻
鵠也。」「鶴」篆段玉裁注云：「後人『鶴』與『鵠』相亂。」[13]
又黃生《字詁》「鵠」條云：「鵠與鶴自是二種，然古人多以『鵠』
字作『鶴』字用。」而黃承吉案語則云「鵠即是鶴，從來以為兩
種者，泥於字形，昧於字聲也」[14]。又胡刻本「鶴鳴九皋，聲聞
于天」二句併上文「鼓鐘于宮，聲聞于外」為一節，故李善注
亦相連，參見下條。

〔10〕 此節注胡刻本作「又曰：皋，澤也」。饒宗頤云：「此『《小雅》
文』指《鶴鳴》篇，與上節指《白華》篇者義各有當。刻本併
兩節注為一節，故『《小雅》文』止一見，下『毛萇』字亦改作
『又』字。」羅國威云：「敦煌本此二節注文不誤，各刻本合併
為一節，遂致誤。」按顏師古注《漢書》亦分作兩節。「萇」字
底卷殘存下半「長」，「毛」字殘泐，茲據饒說擬補。

〔11〕 得明信厥說　胡刻本無「眀」字。饒宗頤云：「『明』字頗暗晦，
刻本及《漢書》無此字。」按此字左半略有殘損，茲據底卷體例
錄文作「眀」。「眀」「明」古異體字。

〔12〕 封七百歲　胡刻本「封」下有「於齊」二字，五臣本及《史記》

12　顧藹吉《隸辨》，第204頁。

13　段玉裁《說文解字注》，第151頁。

14　黃生撰，黃承吉合按《字詁義府合按》，第28頁。

《漢書》並同。

〔13〕菀　胡刻本作「苑」。「菀」為「苑」之俗字，說詳張涌泉師《敦煌俗字研究》[15]。下凡「菀」字同。

〔14〕日孳孳敏行　胡刻本「日」作「日夜」，「敏行」上有「脩學」二字。饒宗頤云：「《漢書》有『夜』字；《史記》有『夜』字，有『修學』二字，『敏行』作『行道』。」按《史記》「修學」「行道」構詞方式相同；若《漢書》之「敏行」，似不當與「修學」連言，疑為衍文，底卷可證。諸本「夜」字疑亦屬衍文。《孟子·盡心上》：「公孫丑曰：道則高矣美矣，宜若登天然，似不可及也，何不使彼為可幾及而日孳孳也。」《禮記·表記》：「子曰：《詩》之好仁如此。鄉道而行，中道而廢，忘身之老也，不知年數之不足也。俛焉日有孳孳，斃而后已。」[16] 皆云「日孳孳」，無「夜」字，與底卷相同。

〔15〕鷐鴒　胡刻本作「鶺鴒」。參見下條。

〔16〕毛詩日題彼脊令胡刻本「脊令」作「鶺鴒」。底卷李善注所引《毛詩》與今本《小雅·小宛》完全相同[17]。李注引書「各依所據本」，所引《毛詩》「脊令」固不必與正文「鷐鴒」相同[18]。胡刻本引作「鶺鴒」，「鳥」旁當是後人所增。至於《答客難》正文「鷐鴒」（《漢書》作「鶺鴒」，「鷐」「鶺」偏旁易位字）胡刻本亦作「鶺鴒」者，不排除據誤本李善注校改的可能性（另一種可能為《答客難》正文因「五臣亂善」而改作「鶺鴒」，後又據

15　張涌泉《敦煌俗字研究》（第二版），第753頁。

16　《十三經注疏》，第2770、1640頁。

17　《十三經注疏》，第452頁。

18　參見拙文《李善引書「各依所據本」注例考論》，《文史》2010年第4輯，第83-91頁。

以校改李注「脊令」）。

〔17〕 礼義之不愆　胡刻本「礼」作「禮」，「愆」作「愆」。「礼」字《說文》以為古文「禮」，敦煌吐魯番寫本多用「礼」，後世刊本則多改作「禮」。下凡「礼」字同。饒宗頤云：「《龍龕手鑑》以『愆』為俗字。」按《干祿字書・平聲》：「愆愆，上俗下正。」[19]

〔18〕 也　胡刻本無。

〔19〕 黈纊塞耳　胡刻本「塞」作「充」。李善注云《答客難》此句出《大戴禮》，今本《子張問入官》正作「塞耳」[20]，胡刻本卷三張衡《東京賦》「黈纊塞耳」、卷三八任昉《為蕭揚州薦士表》「伏惟陛下道隱旒纊」李注引《大戴禮》並同，均與底卷相合。《答客難》下句云「所以塞聰」，故或變文避複作「充」字。

〔20〕 聰　胡刻本作「聰」。「聰」「聰」「聰」篆文隸變之異，《干祿字書・平聲》：「聰聰聰，上中通，下正。」[21]下凡「聰」字同。

〔21〕 孔子之辝也　胡刻本「辝」作「辭」。「辭說」字敦煌吐魯番寫本多作「辝」，《干祿字書・平聲》：「辝辝辭，上中竝辝讓；下辭說，今作辝。」[22]是唐時「辝」已成為「辭」之俗字。下凡「辝」字同。

〔22〕 「黈纊」以下三十四字，胡刻本作「薛綜《東京賦注》曰：黈纊，以黃緜為丸，懸冠兩邊當耳，不欲聞不急之言也」。饒宗頤

19　施安昌《顏真卿書干祿字書》，第25頁。

20　黃懷信《大戴禮記彙校集注》，第874頁。

21　施安昌《顏真卿書干祿字書》，第13頁；參見張涌泉師《敦煌俗字研究》（第二版），第693頁。

22　施安昌《顏真卿書干祿字書》，第16頁。

云：「此三十四字，刻本與《東京賦》『黈纊塞耳』句下薛注同。案此節善注，寫卷與刻本義同而文異，或後注修改前注之故。劉兆之『劉』字不甚明，疑指晉劉兆。」按胡刻本《東京賦》薛注作「黈纊，言以黃綿大如丸，懸冠兩邊當耳，不欲妄聞不急之言也」，與《答客難》李注所引略有出入；而刻本《答客難》注「以黃緜為丸」五字適與底卷相同，可證「薛綜」云云非李注原文，底卷是也。「劉」字底卷殘泐，玆據饒說擬補，李善屢引《穀梁傳》劉兆注。

〔23〕赦小過　胡刻本「赦」作「赦」，注同。饒宗頤云：「『赦』字（底卷）用別體。」羅國威云：「『赦』乃俗體。」按《說文・攴部》：「赦，置也。从攴，赤聲。赦，赦或从亦。」

〔24〕毋求偹　胡刻本作「無求備」。羅國威云：「『毋』與『無』同。」按《說文・毋部》：「毋，止之詞也。」段注云：「古通用『無』，漢人多用『毋』。」[23]「偹」為「備」之俗字，說見《干祿字書・去聲》[24]。下凡「偹」字同。

〔25〕檢身若弗及　胡刻本「弗」作「不」。今本《尚書・伊訓》作「不」[25]，「不」「弗」義同，傳世刻本《尚書》「不」字，敦煌吐魯番寫本多作「弗」，與底卷李善注引合。

〔26〕縱容使自得也　胡刻本「縱」作「從」。「從」「縱」古今字。

〔27〕以開示之　胡刻本「示」作「視」。《毛詩・小雅・鹿鳴》「視民不恌」鄭箋云：「視，古示字也。」[26]

23　段玉裁《說文解字注》，第626頁。
24　施安昌《顏真卿書干祿字書》，第46頁。
25　《十三經注疏》，第163頁。
26　《十三經注疏》，第406頁。

〔28〕 岐　胡刻本作「歧」。「歧」為「岐」之訛俗字，《說文·止部》
「峙」篆段注云：「峙即峙，變止為山，如岐作歧，變山為止，
非真有从山之峙、从止之歧也。」[27]

〔29〕 使自得之　胡刻本無。羅國威云：「此乃《孟子·滕文公》『使
自得之』句趙岐注，今本趙注不復引此 4 字，與各刻本合。」按
胡刻本卷六左思《魏都賦》「雖則生常，固非自得之謂也」李善
注云：「《孟子》曰：使自得之。趙岐曰：使自得其本善性也。」
底卷此注似連引《孟子》經文。

〔30〕 魁然無徒　胡刻本「魁」作「塊」，其上有「時雖不用」四字。
饒宗頤云：「（胡刻本、叢刊本）兩刻本有『時雖不用』四字，
與《史記》同。寫卷及五臣本無上四字，與《漢書》同。《漢書
注》：『師古曰：魁讀曰塊。』」羅國威云：「『魁』與『塊』同
音假借。」按顏師古以「塊」為本字，「魁」為假借字，是也。
《集韻·隊韻》：「魁，魁然無徒也。通作塊。」[28]

〔31〕 螫　胡刻本作「蠹」，注同。羅國威云：「敦煌本用『蠹』之別
體。」按《集韻·薺韻》：「蠹，《說文》：蟲齧木中也。或省。」[29]
所謂「或省」，省一「虫」也。下凡「螫」字同。

〔32〕 以遺之　「之」字底卷殘損左半，胡刻本作「吳」。饒宗頤云：
「『之』字同《史記·勾踐世家》原文。」

〔33〕 子胥已見上　「已」字底卷殘損左下角，胡刻本無此五字。羅
國威云：「《文選》卷 44 陳琳《檄吳將校部曲文》『用申胥之訓
兵』句善注云：『樂毅《遺燕王書》曰：昔伍子胥說聽於闔閭，

27　段玉裁《說文解字注》，第 67 頁。

28　《宋刻集韻》，第 152 頁。

29　《宋刻集韻》，第 99 頁。

而吳王遠跡至郢。韋昭《國語注》曰：申胥，楚大夫伍奢之子子胥也，名員，員奔吳，吳與地，故曰申胥。」敦煌本作『已見上』，從省之例也，各刻本脫此五字。」按胡刻本卷五左思《吳都賦》「茲乃喪亂之丘墟」李善注引《呂氏春秋》云：「燭過曰：子胥諫而不聽，故吳為丘墟。」同篇「造姑蘇之高臺」李注引《漢書》云：「伍被曰：子胥云：見麋鹿遊姑蘇之臺。」同篇「施榮楯而捷獵」劉逵注引《越絕書》云：「昔越王勾踐欲伐吳，於是作榮楯，以獻吳王，吳王大悅。子胥諫曰：王勿受。王不聽，遂受之。」（末一例據《文選集注》）一篇之內伍子胥事即已三見，故胡刻本卷八揚雄《羽獵賦》「飼屈原與彭胥」李注云：「子胥，已見《吳都賦》。」此外胡刻本李善注尚引上揭《呂氏春秋》三次，引《漢書》兩次（其中一次為卷六左思《魏都賦》張載注所引），皆在東方朔《答客難》之前。卷一三賈誼《鵬鳥賦》「彼吳強大兮，夫差以敗；越棲會稽兮，勾踐霸世」李注詳引《史記・越王勾踐世家》，其中亦及伍子胥事。「子胥」屢見不鮮，根據李善注例，此注固可從省云「已見上」[30]。

〔34〕聞燕昭王招賢　胡刻本「招」作「好」。「招」字合於《史記・樂毅列傳》原文[31]。

〔35〕樂毅為魏昭王使於燕昭以礼待之　胡刻本後「昭」字作「燕時」二字，屬下讀。饒宗頤云：「此刪節《史記》文，底卷與刻本各有長短。」羅國威云：「敦煌本與各刻本文字雖不同，然並未竄亂，二者皆可也。」按今本《史記》此段作「樂毅於是為魏昭王

30　參見拙著《古抄本〈文選集注〉研究》有關李善注「再見從省」例的討論（第33-71頁）。

31　《史記》第7冊，第2427頁。

使於燕，燕王以客禮待之，樂毅辭讓，遂委質為臣」[32]，「使於燕」下無「昭」字，亦無「時」字，與底卷及胡刻本皆不相同。胡克家《文選考異》引陳景雲說以為「時」乃「王」之誤，據傳本《史記》而言也。檢胡刻本卷四七袁宏《三國名臣序贊》「則燕昭樂毅，古之流也」、卷五一賈誼《過秦論》「齊明、周最、陳軫、召滑、樓緩、翟景、蘇厲、樂毅之徒通其意」李善注引《史記》並云「樂毅為魏昭王使於燕，燕昭王以客禮待之」，較今本《史記》多一「昭」字，故王叔岷《史記斠證》謂刻本《答客難》李注「時」字蓋「昭」之誤[33]，其說較陳景雲為優，底卷亦可以為證。唯底卷李注節引雖未竄改《史記》原文，但「燕」字宜重複，不妨據刻本增補。

〔36〕李斯已見上　胡刻本作「又曰：秦卒用李斯計謀，竟并天下，以斯為丞相」。饒宗頤云：「寫卷此五字乃善注『已見從省』之例，刻本『又曰』以次十八字殆合併六臣注者複錄已見上文之注，即茶陵本所標之『增補』六臣注也。」按胡刻本卷一〇潘岳《西徵賦》「謂斯忠而軼賢」、卷二一左思《詠史》詩「李斯西上書」、卷三九李斯《上書秦始皇》作者名「李斯」等各條下，李善皆引《史記》注釋李斯事甚詳[34]。「李斯」習見，根據李善注例，此注固可從省云「已見上」。不過上揭諸條李注所引《史記》皆不及「秦卒用李斯計謀，竟并天下」句。檢胡刻本卷四一司馬遷《報任少卿書》「李斯，相也，具于五刑」李注引《史記》云：「李斯，……秦卒用其計，二十餘年，竟并天下，以斯為丞

32　《史記》第7冊，第2427頁。
33　王叔岷《史記斠證》，第2433頁。
34　王叔岷《史記斠證》，第2433頁。

相。」與《李斯列傳》文相合 [35]。而此《答客難》注改「其」字為「李斯」，「計」下添一「謀」字，「竟」字又訛作「競」，顯然出自後人之手。

〔37〕臣請說齊王　胡刻本無「請」字。參見下條。

〔38〕迺聽食其罷歷下守戰俻　胡刻本作「廼罷歷下守戰之備」。饒宗頤云：「此《漢書・酈食其傳》文，善注所引，但有刪節，並無竄改。刻本無『請』字，無『聽食其』三字，而『戰』下多一『之』字，乃經後人竄改，比對《漢書》本傳，即見所改之陋。」「迺」「廼」為《說文》「卤」篆隸變之異。

〔39〕恠　胡刻本作「怪」。「恠」為「忹」的訛俗字，而「忹」「怪」為篆文隸變之異，說見《敦煌俗字研究》[36]。

〔40〕以管窺天　胡刻本「管」作「筦」。饒宗頤云：「『管』字殆書手偶從別本，善本當作『筦』，觀此卷善注引服虔『音管』，可以推知。」羅國威云：「『筦』『管』古今字。」按羅說當本諸《漢書》顏師古注「筦，古管字」。

〔41〕以莛撞鍾　胡刻本「撞」作「撞」，注同。羅國威云：「《顏氏家訓・勉學篇》：『撞挏，此謂撞擣挺挏之。』又《說文・手部》：『撞，迅擣也。』『撞』『撞』都有擣義，二字相通也。」按「撞」蓋「撞」之換旁俗字。

〔42〕豈通其條貫　胡刻本「豈」作「豈能」。五臣本、《漢書》並有「能」字，底卷疑脫訛。

〔43〕文穎曰莛音槀莛　胡刻本「槀莛」作「庭」。羅國威云：「此乃

35　《史記》第 8 冊，第 2546 頁。

36　張涌泉《敦煌俗字研究》（第二版），第 619-620 頁。

《漢書音義》舊文，今本《漢書》注作『文穎曰：謂稾莛也』，敦煌本『謂』訛『音』。」按 P.2494《楚辭音》殘卷出《離騷》「索瓊茅以筳篿兮」之「筳」，注云：「《漢書》云『以莛撞鍾』，文穎曰：『音謂稾莛。』」其「音」字適合於底卷。胡刻本「音」字尚存李善注本原貌，「庭」字則後人所改。

〔44〕臣善曰　胡刻本無。饒宗頤云：「此上所引服虔、張晏、文穎之說，乃《漢書音義》舊文。自《莊子》以下乃善自注，故冠以『臣善曰』為區別，胡刻誤混。」羅國威云：「尤刻本無『善曰』二字，將《漢書音義》舊注誤混入善注，誤甚。」按胡刻本乃誤將李善注混入文穎注，羅說不確。參見校記〔7〕。

〔45〕「莊子」下胡刻本有「曰」字。李善注例，引文若稱「某曰」，則書名下省「曰」字，刻本誤衍。

〔46〕子乃規規而求之以察　胡刻本無「子」字。饒宗頤云：「今本《莊子·秋水篇》有『子』字。」

〔47〕是直用管闚天　底卷原無「用」字，饒宗頤云：「今本《莊子·秋水篇》有『用』字。」羅國威云：「敦煌本脫『用』，當補。」茲據胡刻本補。胡刻本「闚」作「窺」。今本《莊子》作「闚」[37]，與底卷相合。「窺」「闚」古異體字。

〔48〕豈能發其聲哉　胡刻本「聲」作「音聲」。羅國威云：「《說苑·善說》（程榮《漢魏叢書》本）無『音』，與敦煌本合。」

〔49〕豫　胡刻本作「豚」。《說文·豚部》：「豚，小豕也。从彖省，象形；从又持肉以給祠祀。豚，篆文从肉、豕。」「豫」蓋即「豚」從「彖」不省而省「又」者，為「豚」字或體。下凡「豫」

37　郭慶藩《莊子集釋》，第601頁。

字同。

〔50〕　臣善曰　胡刻本無。參見校記〔7〕。

〔51〕　尔雅注曰　胡刻本「尔」作「爾」。「尔」為「介」手寫變體；《說文》「介」「爾」字別，但從古代文獻的實際使用情況來看，二字多混用不分，說見《敦煌俗字研究》[38]。

〔52〕　案方言　胡刻本「案」作「按」。「案」「按」二字古多通用。

〔53〕　猪　胡刻本作「豬」。「猪」為「豬」之俗字，說見《廣韻·魚韻》[39]。

〔54〕　孤豚豚子是也　胡刻本後「豚」字作「之」，「也」下有「《說文》曰：靡，爛也。亡皮切。靡與糜古字通也」十六字。羅國威云：「各刻本『豚子』作『之子』，誤，敦煌本是。」按「之」字涉重文符號而誤。饒宗頤云：「《說文·火部》云：『糜，爛也。』桂氏《義證》云『《客難》借靡字，李引糜義以釋之』，王筠、沈濤等皆信此是善注，曲為之說，其實寫卷已無此注，刻本所有者又與原引書不同，故此注當是後人混入。」

〔55〕　而終或於大道也　胡刻本「或」作「惑」。羅國威云：「『或』與『惑』通。」按「或」「惑」古今字。

解嘲一首　楊子雲[56]

　　哀帝時，丁、傅、董賢用事，臣善曰：《漢書》曰：定陶丁姬，哀帝母也，兄明為大司馬。又曰：孝哀傅皇后，哀帝即位，封后父晏為孔鄉侯。諸附離之者，起家至二千石。《漢書音義》曰[57]：

38　張涌泉《敦煌俗字研究》（第二版），第 250 頁。

39　《宋本廣韻》，第 49 頁。

《莊子》曰：附離不以膠漆。時雄方草創《太玄》，有以自守，泊如也。人謿雄以玄之尚白〔58〕，服虔曰：玄當黑而尚白，將無可用也〔59〕。而雄解之〔60〕，號曰《解謿》。其辭曰：

客謿楊子曰：吾聞上世之士，人綱人紀，不生則已，臣善曰：《孔叢子》〔61〕：子魚曰：丈夫不生則已，生則有云為於世者也〔62〕。生必上尊人君，下榮父母，析人之圭〔63〕，儋人之爵，懷人之符，分人之祿，臣善曰：《說文》曰：儋，荷也。應劭曰：文帝始與諸王竹使符。紆青拖紫，朱丹其轂〔64〕。今吾子幸得遭明盛之世，處不諱之朝，與羣賢同行，歷金門上玉堂有日矣，應劭曰：待詔金馬門。晉灼曰：《黃圖》有大玉堂小玉堂殿〔65〕。曾不能畫壹〔66〕奇，出壹筴〔67〕，上說人主，下談公王〔68〕，目如燿星〔69〕，舌如電光，壹從壹橫，論者莫當〔70〕。顧〔71〕默而作《太玄》五千文，支葉扶疎〔72〕，獨說數十餘萬言〔73〕，深者入黃泉，高者出倉天〔74〕，大者含元氣，纖者入無間〔75〕。然而位不過侍郎，擢纔給事黃門，蘇林曰：擢之纔為給事黃門，不長作也〔76〕。意者玄得無尚白乎？何為官之祐落也〔77〕。

楊子笑而應之曰：客徒欲朱丹吾轂〔78〕，不知跌將赤吾之族也〔79〕。臣善曰：《廣雅》曰：跌，差也〔80〕。往者周罔解結〔81〕，羣鹿爭逸。服虔曰：鹿，喻在爵位者也〔82〕。離為十二，合為六七。臣善曰：十二，已見東方朔《荅客難》〔83〕。張晏曰：謂齊、燕、楚、趙、韓、（魏）為六〔84〕，就秦而七也〔85〕。四分五剖，並為戰國。晉灼曰：此直道其分離之意耳。《鄒陽傳》云：濟北四分五裂之國也。四分則交午而裂，如田字也〔86〕。士亡常君，國亡定臣〔87〕。得士者富，失士者貧〔88〕。矯翼厲翮，恣意所存。故士或自盛以橐，或鑿坏以遁。服虔曰：范雎〔89〕入秦，藏於橐中。臣善曰〔90〕：《史記》曰〔91〕：

王稽辭魏去[92]，過載范雎入秦[93]，至湖，見車騎，曰：為誰？王稽曰：穰侯。范雎曰：此恐辱我，我寧匿車中。有頃，穰侯過。《淮南子》曰：顏闔，魯君欲相之而不肯，使人以幣先焉，鑿坏而遁之。普來反[94]。是故騶衍以頡頏而取世資[95]，孟軻雖連蹇猶為万乘師[96]。蕭林曰：連蹇，言語不便利也[97]。

　　今大漢左東海[98]，右渠搜，服虔曰：連西戎國也。應劭曰：《禹貢》：拚支[99]、渠搜屬雍州，在金城河關之西[100]。前番禺，應劭曰：南海縣[101]。張晏曰：南越王都也。蕭林曰：音潘[102]。後椒塗。應劭曰：漁陽之北界也[103]。東南一尉，如淳曰：《地理志》云：在會稽回浦也[104]。西北一候。如淳曰：《地理志》云[105]：龍勒玉門、陽關有候也。徽以糾墨，製以鑽鈇[106]，服虔曰：刑縛束之也[107]。應劭曰：音以繩徽弩之徽[108]。臣善曰[109]：《說文》曰：糾，三合繩[110]。又曰：墨，索也。《公羊傳》曰：不忍加以鈇質[111]。何休曰[112]：斬腰之刑也[113]。散以禮樂，風以《詩》《書》，曠以歲月，結以倚廬。應劭曰：漢律以為親行三年服不得選舉[114]。臣善曰[115]：《左氏傳》曰：齊晏桓子卒，晏嬰麤衰斬[116]，居倚廬。天下之士，雷動雲合，魚鱗雜襲，咸營于八區[117]。家家自以為稷契，人人自以為皋繇[118]。臣善曰：《尚書》：帝曰：俞，咨！禹，汝平水土，惟時撨哉[119]！禹讓于稷、契暨咎繇[120]。戴縰垂纓[121]而談者皆擬於阿衡，臣善曰：鄭玄《儀礼注》曰：縰，今之幘也[122]。縰與縰同。所氏反[123]。阿衡，已見上[124]。五尺童子羞比晏嬰與夷吾。臣善曰：五尺童子，已見李令伯《表》[125]。故當塗者升青雲[126]，失路者委溝渠。且握權則為卿相，夕失勢則為匹夫。譬若江湖之崖，勃澥[127]之島，乘鴈集不為之多，雙鳧飛不為之少。臣善曰：《方言》曰：飛鳥曰雙，鴈曰乘鴈[128]。昔三仁去而殷虛[129]，

二老歸而周熾；臣善曰：三仁，已見上〔130〕。《孟子》曰：伯夷避紂，居北海之濱，聞文王祚興〔131〕，曰：盍歸乎來，吾聞西伯善養老者。太公避紂，居東海之濱，聞文王祚興，曰：盍歸乎來，吾聞西伯善養老者〔132〕。二老者，天下之大老〔133〕。子胥死而吳亡，種蠡存而越霸〔134〕；臣善〔曰〕〔135〕：《史記》曰：吳既誅子胥，遂伐齊，越王勾踐襲殺吳太子，王聞，乃歸，與越平，越王勾踐遂滅吳。又曰：越王勾踐反國〔136〕，奉國政屬大夫種，而使范蠡行成，為質於吳，後越大破吳也。五羖入而秦喜，樂毅出而燕懼；臣善曰：五羖，已見李斯《上書》〔137〕。《史記》曰〔138〕：樂毅伐齊，破之。燕昭王死，子立，為燕惠王，乃使劫騎〔139〕代將，而召樂毅。樂毅畏誅〔140〕，遂西降趙〔141〕，惠王恐趙用樂毅以伐燕〔142〕。范雎以折摺而危穰侯，臣善曰：危穰侯，已見李斯《上書》。折摺，已見鄒陽《上書》。晉灼曰：摺，古拉字也。力荅反。蔡澤以噤吟而笑唐舉。臣善曰：《史記》曰：唐舉見蔡澤，孰視而笑曰〔143〕：先生曷鼻、巨肩、魋顏、蹙齃、膝攣〔144〕，吾聞聖人不相，殆先生乎？韋昭曰：噤，欺廩反〔145〕。吟，疑甚反。故當其有事也，非蕭、曹、子房、平、勃、樊、霍則不能安；當其亡事也〔146〕，章句之徒相與坐而守之，亦亡所患。故世亂則聖哲馳騖而不足，世治則庸夫高枕而有餘。臣善曰：《說苑》曰：管仲，庸夫也，桓公得之以為仲父。高枕，已見上〔147〕。

　　夫上世之士，或解縛而相，或釋褐而傳。

（後缺）

【校記】

〔56〕解嘲一首楊子雲　篇題「解嘲一首」下胡刻本小字注「并序」。
　　　饒宗頤云：「案此篇所謂『序』者，乃《漢書》雄傳中《解嘲》

文之前言，非另有序文之目，寫卷無『并序』二字，當是原
貌。」作者名「楊子雲」胡刻本提行，不合《文選》體例。

〔57〕　漢書音義曰　胡刻本無「曰」。羅國威云：「『曰』字當有，各
刻本脫，當補。」按羅說不可遽從，參見校記〔45〕。

〔58〕　人潮雄以玄之尚白　胡刻本「人潮」作「人有嘲」。《漢書》作
「或謿」[40]，王先謙《漢書補注》云：「宋祁曰：『或』字上當有
『人』字。先謙曰：『有』『或』古字通。」[41]羅國威云：「『謿』
與『嘲』通。」按玄應《一切經音義》卷一二《修行道地經》第
四卷音義「嘲說」條：「古文謿，今作嘲，又作啁，同。」[42]下
凡「謿」字同。

〔59〕　也　胡刻本無。

〔60〕　而雄解之　胡刻本無「而」字。「而」字五臣本、《漢書》並同，
與底卷相合。

〔61〕　「孔叢子」上胡刻本有「《尚書》曰：先王肇修人紀。孔安國
曰：修為人綱紀也」十九字。

〔62〕　生則有云為於世者也　胡刻本無「者」字。「者」字《四部叢刊》
本《孔叢子・獨治》同[43]，與底卷相合。

〔63〕　圭　胡刻本作「珪」。羅國威云：「『珪』與『圭』通。」按《說
文・土部》：「圭，瑞玉也。珪，古文圭从玉。」

〔64〕　此句下胡刻本有注文「《東觀漢記》曰：印綬，漢制，公侯紫

40　《漢書》第 11 冊，第 3566 頁。以下凡引《漢書》所載《解嘲》及顏師古注，不復一
　　一出注。

41　王先謙《漢書補注》第 11 冊，第 5381 頁。

42　徐時儀《一切經音義三種校本合刊》，第 255 頁。

43　《孔叢子》，第 59 頁。

綬，九卿青綬。《漢書》曰：吏二千石朱兩轓」二十七字。

〔65〕大玉堂小玉堂殿　胡刻本無「殿」字。饒宗頤云：「『殿』字與
　　　《漢書》注晉灼說同。」

〔66〕壹　胡刻本作「一」。羅國威云：「『壹』與『一』通。」下凡
　　　「壹」字同。

〔67〕筞　胡刻本作「策」。「筞」為「策」之隸變俗字，說見《敦煌
　　　俗字研究》[44]。

〔68〕公王　胡刻本作「公卿」。五臣本、《漢書》並作「公卿」。

〔69〕目如燿星　胡刻本「燿」作「耀」。「燿」字五臣本、《漢書》並
　　　同。羅國威云：「『燿』與『耀』通。」按「耀」為「燿」之後
　　　起別體，說見徐灝《說文解字注箋》「燿」篆下[45]。

〔70〕此句下胡刻本有注文「《史記》：秦王曰：知一從一橫其說何」
　　　十三字。饒宗頤云：「案《史記・田完世家》：『秦王曰：吾患齊
　　　之難知，一從一橫，其說何也。』此注似刪節舊文，但句讀錯
　　　誤，且為寫卷所無，當是他注混入。」

〔71〕顾　胡刻本作「顧」。「顾」為「顧」之俗字，說見《玉篇・頁
　　　部》[46]。

〔72〕支葉扶踈　胡刻本「支」作「枝」。饒宗頤云：「『支』字同《漢
　　　書》。」按「支」「枝」古今字。

〔73〕此句下胡刻本有注文「以樹喻文也。《說文》曰：扶踈，四布也」
　　　十三字。饒宗頤云：「案《說文・木部》『枎』字下作『枎疏』，
　　　段注云：『古書多作扶疏，同音假借也。』刻本此注似後人誤

44　張涌泉《敦煌俗字研究》（第二版），第726頁。
45　《續修四庫全書》第226冊，第321頁。
46　《宋本玉篇》，第75頁。

混。」「疎」為「疏」之俗字，說見《廣韻‧魚韻》[47]。

〔74〕　倉天　胡刻本作「蒼天」。羅國威云：「『倉』與『蒼』通。」按「倉」「蒼」古今字。

〔75〕　孅者入無間　胡刻本「孅」作「細」，此句下有注文「《春秋命曆序》曰：元氣正則天地八卦孳。無間，言至微也。《淮南子》曰：出入無間」二十九字。五臣本、《漢書》作「纖」，羅國威云：「『孅』為『纖』之別體。」按《說文‧糸部》：「纖，細也。」女部：「孅，銳細也。」「孅」篆段注云：「孅與纖音義皆同，古通用。」[48] 王力《同源字典》謂二字同源[49]。「孅／纖」「細」義同。

〔76〕　也　胡刻本無。

〔77〕　何為官之袥落也　胡刻本「袥」作「拓」，此句下有注文「拓落，猶遼落，不諧偶也」九字。《說文‧手部》：「拓，拾也，陳、宋語。」衣部：「袥，衣衸。」「袥」篆段注云：「袥，言其開拓也。袥之引申為推廣之義，今字作『開拓』，拓行而袥廢矣。」[50] 按敦煌吐魯番寫本衤、礻二旁混用，底卷「袥」為「袥」字俗寫。

〔78〕　客徒欲朱丹吾轂　胡刻本無「欲」字。饒宗頤云：「『欲』字與《漢書》同。」按五臣本亦有「欲」字。

〔79〕　不知跌將赤吾之族也　胡刻本「跌」作「一跌」。五臣本、《漢書》並有「一」字，《藝文類聚》卷二五《人部九》引揚雄《解

47　《宋本廣韻》，第49頁。

48　段玉裁《說文解字注》，第619頁。

49　王力《同源字典》，第630頁。

50　段玉裁《說文解字注》，第392頁。

　　嘲》同[51]。饒宗頤以為底卷脫訛，或是也。

〔80〕　「差也」下胡刻本有「赤，謂誅滅也」五字。

〔81〕　往者周罔解結　胡刻本「者」作「昔」，「罔」作「網」。「者」
　　　　字五臣本、《漢書》、《藝文類聚》並同，胡刻本「昔」疑為形訛
　　　　字。羅國威云：「《漢書》作『罔』。案：『罔』與『網』通。」
　　　　按「網」為「罔」之增旁分化字。

〔82〕　也　胡刻本無。

〔83〕　十二已見東方朔荅客難　胡刻本作「十二國，已見上文」。饒宗
　　　　頤云：「案胡刻此注，義與寫卷相同，但添一『國』字，仍非善
　　　　注真貌。」按「十二（國）」同卷異篇再見，根據李善注例，當
　　　　云「已見某篇」，底卷是也。

〔84〕　謂齊燕楚趙韓魏為六　胡刻本「趙韓」作「韓趙」。六國之名，
　　　　往往韓、魏並稱。《漢書》顏注作「齊趙韓魏燕楚」，趙、韓、
　　　　魏三國次序與底卷相同。

〔85〕　就秦而七也　胡刻本「而」作「為」，無「也」字。

〔86〕　四分則交午而裂如田字也　胡刻本無。饒宗頤云：「此注與《漢
　　　　書》注引晉灼說同。」羅國威云：「《漢書》注『午』作『五』。」
　　　　按「五」字疑涉《漢書》正文而誤。《漢書・文帝紀》「誹謗之木」
　　　　服虔注云：「堯作之，橋樑交午柱頭也。」[52]昭公十九年《穀梁傳》
　　　　「羈貫成童」范甯注云：「羈貫，謂交午翦髮以為飾。」[53]皆作
　　　　「交午」。《儀禮・大射禮》「度尺而午」，鄭玄注云：「一從一橫

51　歐陽詢《藝文類聚》，第 457 頁。以下凡引《藝文類聚》所載《解嘲》，不復一一出
　　注。

52　《漢書》第 1 冊，第 118 頁。

53　《十三經注疏》，第 2439 頁。

曰午。」[54]「午」字金文正像一縱一橫之形[55]。

〔87〕士亡常君國亡定臣　胡刻本「亡」字皆作「無」。《漢書》後者作「亡」，前者作「無」。「亡」「無」古今字。

〔88〕此句下胡刻本有注文「《春秋保乾圖》曰：得士則安，失士則危」十四字。

〔89〕范雎　底卷原作「范睢」。王叔岷《史記斠證》云：「《韓非子》作『范且』，『雎』『且』古通。《魏世家》之唐雎，姚本《魏策》、《新序·雜事》並作『唐且』，亦同例。」[56]是「睢」為「雎」之形訛字，茲據胡刻本改。下凡「雎」字同。

〔90〕臣善曰　胡刻本無。參見校記〔7〕。

〔91〕史記曰　胡刻本無「曰」字。

〔92〕王稽辤魏去　胡刻本「辤」作「辭」。「辤」本字，「辭」假借字。參見校記〔21〕。

〔93〕過載范雎入秦　胡刻本「過」作「竊」。饒宗頤云：「案善注節取《史記·范雎傳》，『過』字與原文合，刻本作『竊』，疑後人所改。」

〔94〕「普來反」胡刻本上有「坏」字複舉正文。

〔95〕是故騶衍以頡頏而取世資　胡刻本「騶」作「鄒」，此句下有注文「應劭曰：齊人，著書所言多大事，故齊人號談天鄒衍。仕齊至卿。蘇林曰：頡，音提挈之挈。頡頏，奇怪之辭也。鄒衍著書雖奇怪，尚取世以為資，而己為之師也。言資，以避下文也。頏，苦浪切」七十字。「騶」字《漢書》同。羅國威云：

54　《十三經注疏》，第 1034 頁。

55　參見《金文編》，第 997-998 頁。

56　王叔岷《史記斠證》，第 2399 頁。

「《說文・邑部》：『鄒，魯縣，古邾婁國，帝顓頊之後所封。』段注：『周時作鄒、漢時作騶者，古今字之異也。』是『鄒』與『騶』古今字也。」饒宗頤云：「以《漢書》注引應劭說校勘此注，知注中誤『天事』為『大事』，又『談天鄒衍』句多一『鄒』字。此種錯誤，（胡刻本、叢刊本）兩刻本相同，亦可證尤氏善單注本乃從六臣注中剔出。」羅國威云：「敦煌本無七十字注，殆後人混入者也。」

〔96〕 孟軻雖連蹇猶為万乘師　胡刻本「連」下夾注「去聲」，「万」作「萬」。李善概不於正文中夾注音切，此格式承襲自六臣本。《玉篇・方部》：「万，俗萬字。十千也。」[57]

〔97〕 「也」下胡刻本有「趙歧《孟子章指》曰：滕文公尊敬孟子，若弟子之問師」二十字，「趙歧」上六臣本冠以「善曰」。此所引趙氏《章指》，「滕文公尊敬孟子」出《滕文公上》，「若弟子之問師」出《梁惠王上》，李善注無此體例，蓋出後人增補。

〔98〕 此句下胡刻本有注文「應劭曰：會稽東海也」八字。

〔99〕 抳支　胡刻本作「析支」。「抳」字饒宗頤、羅國威皆錄文作「枡」，羅氏云：「『枡』乃『析』之別體。」按《玉篇・手部》：「抳，俗析字。」[58] 而「枡」亦「析」之俗字，說見《廣韻・錫韻》[59]。

〔100〕 在金城河關之西　胡刻本「關」作「間」。胡克家《文選考異》云：「何校『間』改『關』，陳同，是也，各本皆誤。」饒宗頤云：「『關』字與《尚書・禹貢》孔傳合。」

57　《宋本玉篇》，第342頁。

58　《宋本玉篇》，第127頁。

59　《宋本廣韻》，第500頁。

〔101〕　南海縣　胡刻本「縣」作「郡」。羅國威云：「《漢書・地理志》有南海郡，屬縣六，番禺其一焉。作『郡』是，敦煌本訛。」按羅說非也，應劭正謂番禺為南海郡屬縣，否則當云「屬南海郡」。

〔102〕　音潘　「潘」字底卷原作「番」，與所注正文相同，當是「潘」之壞字，茲據胡刻本改正。胡刻本「音」上有「番」字複舉正文。

〔103〕　也　胡刻本無。

〔104〕　在會稽回浦也　胡刻本無「回浦也」三字。饒宗頤云：「案《漢書・地理志》會稽郡回浦下云『南部都尉治』，寫卷有此三字，與《漢書》合。」

〔105〕　地理志　云胡刻本「云」作「曰」。上句「東南一尉」如淳注引《漢書・地理志》亦稱「云」。

〔106〕　製以鑽鈇　胡刻本「製」作「制」。饒宗頤云：「『製』字與叢刊本、《漢書》並同。」按王筠《說文解字句讀》「製」篆注云：「製即制之絫增字也。」[60]

〔107〕　刑縛束之也　胡刻本作「制縛束也」。王念孫《讀書雜誌・漢書第十三》據《廣雅・釋詁三》「徽，束也」謂此服虔注當作「徽，縛束也」，刻本《文選》「制」為「徽」字之訛[61]，其說饒宗頤從之。按《解嘲》「徽」固應釋為縛束，然服注似以「刑縛束之也」五字連讀，刻本「制」蓋「刑」之形訛字，王氏之說稍嫌迂遠。

60　王筠《說文解字句讀》，第313頁。

61　王念孫《讀書雜誌》，第371頁。

〔108〕　音以繩徽弩之徽　胡刻本「音」作「束」。饒宗頤引王先謙《漢
　　　　書補注》云：「官本引蕭該《音義》曰：徽舊作　　，應劭曰：
　　　　徽音以繩　弩之　　。該案：音揮。」羅國威云：「蕭該《漢書音
　　　　義》與敦煌本合。尤刻本作『音』不誤，胡刻本改作『束』
　　　　誤。」

〔109〕　臣善曰　胡刻本無。參見校記〔7〕。

〔110〕　「三合繩」下胡刻本有「也」字。

〔111〕　不忍加以鈇質　胡刻本「質」作「鑕」。今本昭公二十五年《公
　　　　羊傳》作「鑕」[62]。「質」「鑕」古今字。《解嘲》正文「鑕」
　　　　字《漢書》作「質」。

〔112〕　何休曰　胡刻本「曰」作「注曰」。據李善注例，「注」字不當
　　　　有，刻本誤衍。

〔113〕　「也」下胡刻本有「音質」二字。羅國威云：「『音質』二字不
　　　　當有，殆他注混入者也。」

〔114〕　漢律以為親行三年服不得選舉　饒宗頤云：「『以』字與胡刻本
　　　　同，叢刊本作『不』。《考異》謂茶陵本作『不』，袁本作
　　　　『以』。案《漢書》注引作『以不』二字。」羅國威云：「敦煌
　　　　本『以』下脫『不』。」按漢律之意謂三年服內不得選舉，「不」
　　　　字疑後人所加，非應劭注原文。又胡刻本「舉」下有「結為倚
　　　　廬以結其心」八字。

〔115〕　臣善曰　胡刻本無。參見校記〔7〕。

〔116〕　晏嬰麤衰斬　胡刻本「衰斬」作「斬衰」。饒宗頤云：「寫卷此
　　　　句與《左傳‧襄十七年》文合，刻本誤倒。」

62　《十三經注疏》，第2329頁。

〔117〕　此句下　胡刻本有注文「《史記》：蒯通曰：天下之士，雲合霧集，魚鱗雜遝。遝，徒合切」二十一字。

〔118〕　皋繇　胡刻本作「皋陶」。羅國威云：「『皋』《漢書》作『咎』。案：『皋繇』『咎繇』『皋陶』，同音假借也。」按段玉裁《古文尚書撰異》云：「攷自來《古文尚書》有作『皋陶』者，有作『咎繇』者，是以顏注《漢書》引《尚書》皆作『咎繇』，李注《文選》則皆作『皋陶』。《說文》引《虞書》作『咎繇』，則壁中元本也。」[63] 實則刻本《文選》李注引《尚書》作「皋陶」者乃後人據傳本《尚書》校改（參見校記〔121〕），並據以妄改《解嘲》原文。

〔119〕　惟時撜哉　胡刻本「撜」作「懋」。「撜」當是「�」之形訛字，「�」為「懋」之古文，敦煌寫本《尚書》概皆作「�」，說見許建平師《BD14681〈尚書〉殘卷考辨》[64]。

〔120〕　禹讓于稷契臮咎繇　胡刻本「臮咎繇」作「暨皋陶」。《玉篇・�部》：「臮，巨冀切，與也。古文暨字。」[65] 段玉裁《古文尚書撰異》云：「『暨』壁中故書當作『臮』，以許君引『臮咎繇』知之也。蓋亦漢人以今文讀之讀為『暨』，《爾雅・釋詁》：『暨，與也。』《公羊傳》：『會、及、暨，皆與也。』『暨』字久行，人所易知；『臮』字罕識，故易之。」[66] 按「臮」字饒宗頤、羅國威皆誤認成「泉」，是所謂人所罕識也。敦煌寫本《尚書》「皋陶」皆作「咎繇」，與底卷李善注所引合，蓋隸古定《尚

63　《續修四庫全書》第 46 冊，第 49 頁。

64　許建平《敦煌文獻叢考》，第 54 頁。

65　《宋本玉篇》，第 512 頁。

66　《續修四庫全書》第 46 冊，第 21 頁。

書》原貌。

〔121〕戴縰垂纓　「縰」字底卷原誤作「縱」，注同，茲據胡刻本改正。

〔122〕縰今之幘也　胡刻本無。下文「縰與纚同」非《儀禮》鄭玄注文，此五字當有，刻本蓋涉上下二「縰」字脫訛。今本《儀禮・士冠禮》「緇纚」鄭注作「纚，今之幘梁也」[67]，較底卷多一「梁」字。檢胡刻本卷六左思《魏都賦》「岌岌冠縰」李善注云：「鄭玄《禮記注》曰：縰，今之幘也。縰與纚同。」與底卷相合，唯誤「儀禮」為「禮記」耳。

〔123〕「所氏反」上胡刻本有「縰」字複舉正文。

〔124〕阿衡已見上　胡刻本作「《詩》曰：實惟阿衡，左右商王。毛萇曰：阿衡，伊尹也」。羅國威云：「《文選》卷 40 阮嗣宗《為鄭沖勸晉王牋》『遂荷阿衡之號』句下注與各刻本注複引同，複引時『詩』上脫『毛』字。敦煌本作『已見上』，從省之例也。」按李善引《詩》分著毛、韓，刻本「《詩》曰」云云固非李注原文。

〔125〕五尺童子已見李令伯表　胡刻本作「《孫卿子》曰：仲尼之門，五尺豎子，羞言五伯」。饒宗頤云：「此注乃『已見從省』例。胡刻複出『孫卿』以次十六字，與李令伯《表》『五臣之僮』句下注同。」

〔126〕故當塗者升青雲　胡刻本無「故」字。五臣本、《漢書》皆無「故」。

〔127〕勃澥　胡刻本作「渤澥」。羅國威云：「勃，《漢書》同；澥，

67　《十三經注疏》，第 950 頁。

《漢書》作『解』。《漢書補注》引宋祁說云：『一本勃解旁有水字。蕭該《音義》曰：案《字林》：渤澥，海別名也。字旁宜安水。』」按「勃」「渤」古今字。

〔128〕 鴈曰乘鴈　胡刻本作「四鴈曰乘」。饒宗頤云：「案《方言》六『飛鳥曰雙，鴈曰乘』，此卷句末『鴈』字疑衍。刻本作『四鴈曰乘』，非《方言》文，殆因《漢書》注應劭『乘鴈，四鴈也』之說致混。」

〔129〕 昔三仁去而殷虛　胡刻本「虛」作「墟」。饒宗頤云：「『虛』字同《漢書》，師古曰：『一曰虛讀曰墟。』」按「丘墟」字古止作「虛」，「墟」為後起增旁分別文。

〔130〕 三仁已見上　胡刻本作「三仁，微子、箕子、比干」。饒宗頤云：「寫卷此注當是『已見從省』之例。（胡刻本、叢刊本）兩刻本各異于此，殆有疑混。」按胡刻本卷一四班固《幽通賦》「三仁殊於一致兮」、卷四一陳琳《為曹洪與魏文帝書》「是故三仁未去，武王還師」李善注並引《論語》云：「微子去之，箕子為之奴，比干諫而死。孔子曰：殷有三仁焉。」卷五九沈約《齊故安陸昭王碑文》「三仁去國」句注亦引《論語》，此注云「微子、箕子、比干」獨異，蓋非李注原文。

〔131〕 聞文王祚興　胡刻本「祚」作「作」，下同。饒宗頤云：「寫卷此注與《孟子・離婁篇》相符，但二『作』字誤為『祚』，句末少『也』字。」按《孟子》趙岐注云「聞文王起興王道」[68]，是趙本作「作」字。

〔132〕 「太公避紂」以下二十七字胡刻本無。饒宗頤云：「兩刻本並

68　《十三經注疏》，第 2721 頁。

刪去中間二十七字。案五臣譏善引二老，姚寬《西溪叢話》既反斥之，乃併注者竟刪善注以曲就五臣，然可證尤氏單注乃從六臣注剔取。」按五臣李周翰注云：「太公歸文王而周業盛，是為一老，不聞其二老焉。李善引伯夷與太公為二老，甚誤矣。且伯夷去絕周粟，死於首陽，奈何得云『歸周』也？楊雄言『二老』，亦用事之誤也。」姚寬《西溪叢語》卷下斥五臣注云：「至注《解嘲》，李善引伯夷、太公為二老，乃云只太公為一老，不聞二老，其繆如此。」[69] 是五臣、姚氏所見李善注皆有「太公避紂」以下文句也。

〔133〕「天下之大老」下胡刻本有「也」字。參見校記〔132〕。

〔134〕霸　胡刻本作「霸」。「霸」為「霸」之俗字，考詳《敦煌俗字研究》[70]。

〔135〕臣善日　底卷原脫「日」字，茲據底卷體例擬補。

〔136〕越王勾踐反國　胡刻本「反」作「返」。「反」字《史記·越王句踐世家》同[71]。「反」「返」古今字。

〔137〕五羖已見李斯上書　胡刻本作「《史記》曰：百里奚亡秦走宛，秦穆公聞百里奚，欲重贖之，恐楚不與，請以五羖皮贖之，楚人許與之。繆公與語國事，繆公大悅」。饒宗頤云：「此『從省』例。（胡刻本、叢刊本）兩刻本並複出《史記》百里奚事凡四十七字，但『聞百里奚』下脫一『賢』字。又兩刻本三十九卷李斯《上書》『〔東〕得百里奚于宛』句下同引《史記》，『聞百里奚』下亦脫『賢』字。於此可推知者，即六注之祖本李斯

69　《歷代史料筆記叢刊》本，第 101 頁。

70　張涌泉《敦煌俗字研究》（第二版），第 851 頁。

71　《史記》第 5 冊，第 1742 頁。

《書》注原脫『賢』字，其後增補者隨之亦脫『賢』字。單注本已從六注中剔取，故李斯《書》及《解嘲》兩注皆同脫『賢』字。」羅國威云：「尤刻本、明州本、叢刊本複引時『繆公』訛『穆公』。」

〔138〕 史記曰　胡刻本作「又曰」。刻本「又曰」承上引《史記》百里奚事從省。

〔139〕 劫騎　胡刻本作「騎劫」。饒宗頤據《史記・樂毅列傳》謂底卷誤倒。

〔140〕 乃召樂毅樂毅畏誅　胡刻本無二「樂」字。參見下條。

〔141〕 遂西降趙　胡刻本「降」作「奔」。饒宗頤云：「寫卷此注乃刪節《史記・樂毅傳》文，兩『樂毅』皆不省『樂』字，及『降趙』之『降』字，並與《史記》原文相符。」

〔142〕 「燕」下胡刻本有「也」字。

〔143〕 孰視而笑曰　胡刻本「孰」作「熟」。羅國威云：「『孰』『熟』古今字。」又參見下條。

〔144〕 先生曷鼻巨肩魋顏蹙齃膝攣　胡刻本無。饒宗頤云：「（底卷）此注與《史記・蔡澤傳》文相合。（胡刻本、叢刊本）兩刻本『孰』作『熟』，又刪去『先生』以次十二字。」

〔145〕 欺稟反　胡刻本「稟」作「稇」。《廣韻》「稟」「稇」皆上聲寢韻字，作為反切下字並無差別。

〔146〕 當其亡事也　胡刻本「亡」作「無」。饒宗頤云：「（底卷）連下句（亦亡所患）二『亡』字與《漢書》同。」按「亡」「無」古今字。

〔147〕 高枕已見上　胡刻本作「《漢書》：賈誼曰：陛下高枕，終無山東之憂。《楚辭》曰：堯舜皆有舉任兮，故高枕而自適」。羅國

威云：「敦煌本『從省』之例也。各刻本複引《文選》卷 37 曹
子建《求自試表》『謀士未得高枕者』句下注引《漢書·賈誼傳》
并增引《楚辭·九辯》句，此『增補』之例也。」按「增補」
者蓋非李注原文。

七　命

【題解】

　　底卷編號為大谷 10374（底一）＋大谷 11030（底二）＋Дx.08011（底三）＋Дx.01551（底四）＋Ch.3164（底五）＋Дx.07305v（底六）＋Дx.08462（底七）。

　　底一起張協《七命》「華實代新，承意恣歡」之「承」，至「遡蕙風于衡薄，眷椒塗於瑤壇」李善注「《洛神賦》曰：踐椒塗之郁烈，步衡薄而流芳」之「衡」，共三殘行，僅存正文七大字、注文一小字。

　　底二起《七命》「乃有圓文之犴，班題之豾」李注「然此犴豾指諸獸，不專論豕也」之「然」，至「感封豨，償馮豕」注「《淮南子》曰」之「南」，共六殘行，首行僅存「然此妍」三個小字（「妍」為形訛字），末行僅存半個「南」字。正文大字，小注雙行。

　　《大谷文書集成》第 4 卷考定底一、底二為一卷之裂，均係《文選》卷三五張協《七命》李善注斷片[1]。

　　───────
　　1　《大谷文書集成》第 4 卷，《釋文》第 149、195 頁。

　　底三起《七命》「拉虦䝙，挫犀㸶」李注「《爾雅》曰：虦，白虎；䝙，黑虎」之「虎䝙」，至「殞岸挂山，僵踣掩澤」注「郭璞《爾雅注》曰」之「雅」，共三下半行。

　　底七起《七命》「至聞皇風載驩」之「皇」，至《七命》末句「余雖不敏，請尋後塵」李注「不敏，已見上文」之「敏已」，共五殘行，末行僅存「敏已」二小字，左端均略有殘損。

　　底三、底七《俄藏》均未定名，李梅《敦煌吐魯番寫本〈文選〉研究》據張涌泉師的意見首先比定二者為《文選・七命》李善注殘片[2]。

　　考《七命》「拉虦䝙，挫犀㸶」上句即為「麜封狶，償馮豕」，根據行款估算，底二末行與底三首行正前後相鄰，其間並無缺行。唯底二末行僅存小注半字，底三首行亦殘泐過於嚴重，兩個斷片無法直接拼接。

　　底四起《七命》「虞人數獸」句，至「肴駟連鑣，酒駕方軒」李注「《說文》曰：鑣，馬銜也」之「曰」，共三殘行，包括殘損文字在內僅存正文十字、注文七字。

　　《孟目》2859 號著錄底四云：「〔文選，李善注，卷三十五，七命〕殘卷，5×6。1 紙中部殘片。紙色白，呈粉紅色調，紙質厚。寫卷正面。3 行，不全，有雙行注釋。畫行細，隱約可見。楷書，濃筆畫蒼勁有力。無題字。（9-11 世紀）」[3]

　　底五起《七命》「此亦田游之壯觀，子豈能從我而為之乎」李注「《封禪文》曰：天下之壯觀」之「下」，至「銷踰羊頭，鍱越鍛成」

2　浙江大學 2003 年碩士學位論文，第 6 頁。

3　〔俄〕孟列夫主編《俄藏敦煌漢文寫卷敘錄》上冊，袁席箴、陳華平譯，第 473 頁。

注「許慎曰：銷，生鐵也」之「生鐵」，共六行，末行僅存「生鐵」二小字，中間四行相對較為完整。

底五為「德國四次吐魯番探險隊得自寺院遺址廢墟中」的吐魯番寫卷[4]，王重民首先比定其名[5]。

饒宗頤考定底四與底五為一卷之裂[6]；徐俊亦云「兩卷格式筆迹相同，兩殘片間僅相差約一行文字，因知俄藏 Дx.1551 非出於莫高窟而出自吐魯番」[7]。李梅《敦煌吐魯番寫本〈文選〉研究》云：「張涌泉師指出：Дx.08011 和 Дx.08462，其卷背面之字體也相同，當皆為李善《文選注》之屬。今按：俄藏 Дx.1551、德藏吐魯番本 Ch.3164 與此兩殘卷為同一寫卷，可綴合。」[8]

底六起《七命》「羣萌反素，時文載郁」李注「《論語》：子曰：周監於二代，鬱鬱乎文哉」之「二」，至「樵夫恥危冠之飾，輿臺笑短後之服」之「後」，共兩殘行，包括殘損文字在內僅存正文十六字、注文二字。

《俄藏》未定名，承蒙中國社科院文學所邰同麟博士賜告，始知底六為《文選·七命》李善注殘片，且與前揭六殘片為一卷之裂。七者綴合後共二十八殘行。

《孟目》定底四為九至十一世紀寫本（見上引）。按底五「世」（第

4　榮新江《柏林通訊》，王元化主編《學術集林》卷 10（繁體字本），第 395 頁。

5　參見榮新江《中國國家圖書館善本部藏德國吐魯番文獻舊照片的學術價值》，國家圖書館善本特藏部敦煌吐魯番學資料研究中心編《敦煌學國際研討會論文集》，第 273 頁。

6　饒宗頤《敦煌吐魯番本文選》，《敘錄》第 3 頁。

7　徐俊《書評：〈敦煌吐魯番本文選〉、〈敦煌本昭明文選研究〉、〈敦煌本文選注箋證〉、〈文選版本研究〉》，《敦煌吐魯番研究》第 5 卷，第 381 頁。

8　浙江大學 2003 年碩士學位論文，第 7 頁。

5 行「鍱」)、「治」(第三行「歐治子」,「治」為「冶」之形訛字)不諱,《孟目》之說似無可疑,蓋若為唐人寫本則當避「世」等諸字。但敦煌吐魯番寫本避諱並不十分嚴格,不可單憑避諱一端定其抄寫年代。榮新江《中國國家圖書館善本部藏德國吐魯番文獻舊照片的學術價值》判為「初唐寫本」[9],近是。

關於底卷背面,《孟目》2543 號著錄底四背云:「描述集會開初的片斷,某一弟子向佛陀提出請求。殘卷背面。二行,不全。楷書大字,無題字。(9-11 世紀)」[10]《俄藏》擬名為《佛經》(底三背、底六背、底七背《俄藏》均無定名)。榮新江《中國國家圖書館善本部藏德國吐魯番文獻舊照片的學術價值》比定為《金剛經》,並謂其「字大而不規整,抄寫年代後於《文選》」[11]。按底三背「葉」字雖不缺筆避諱,然未必非唐人所寫。

李梅《敦煌吐魯番寫本〈文選〉研究》(簡稱「李梅」)曾對底三、底七作過校錄。

底一、底二、底五均據 IDP (國際敦煌項目)網站的彩色照片錄文,底三、底四、底六、底七均據《俄藏》錄文,以胡刻本《文選》為校本,校錄於後。底卷凡「某某反」胡刻本皆作「某某切」,校記中不複述及。

9　國家圖書館善本特藏部敦煌吐魯番學資料研究中心編《敦煌學國際研討會論文集》,第 273 頁。

10　〔俄〕孟列夫主編《俄藏敦煌漢文寫卷敘錄》上冊,袁席箴、陳華平譯,第 338 頁。

11　國家圖書館善本特藏部敦煌吐魯番學資料研究中心編《敦煌學國際研討會論文集》,第 273 頁。

（前缺）

□□□（承）[1]意恣歡。□□□□□椒[2]□塗（於）□□□□□□（衡）[3]

（中缺）

□□然□（此）妍[4]□□□□□□（足）[5]撥飛鋒。《□（說）文》曰：□□□□□（羰，齧骨也。胡狡）反。《廣雅》曰：□（撥）□□□□物也。五忽反[6]。郭璞《尔雅注》[7]曰：□□□□反[8]。孔安国[9]《論語注》曰：扣，擊□□□□（石）逞伎[10]。《史記》曰：蜚廉以□□□□□（材力事殷紂）。《尸子》：中黃□（伯）□□□行[11]不避蛟龍，陸□□□之[12]不吉。王怒□（使）□□□□□（南）[13]□□

　　　□□□□□□□□□□（《爾雅》曰：甝，白虎；虪，黑虎）。□（張）揖《漢書注》曰：解豸，似[14]□□□（買）[15]反。□（瀾）漫狼藉，傾榛倒壑。□□□□（薛綜）《西京賦注》曰：胔，死禽獸□（將）□□□（腐之名）也。又曰：僵，仆也[16]。郭璞《尔□□（雅注）》

（中缺）

□□□虞人數獸[17]□，（林）□□□□□□（息）[18]馬韜弦。張晏[19]□□稿[20]勤□□□□□（軒）[21]。《說文》□（曰）□□

（中缺）

□□下之壯觀[22]。□□（公子）曰：余病，未□（能）□□□□營[23]。《越絕書》曰：楚王召風湖子[24]而問之曰：寡人聞吳有干將，越有歐冶子，寡人願賫[25]邦之重寶，請此二人作為劍[26]，可乎？□□□□□（於是風鬍子之）吳，見歐冶子[27]、干將，使之

作鐵劒□□□□□▨（三枚：一曰龍淵，二）曰大阿[28]，三曰工市。陽劒，見下文。耶谿之鋌[29]，赤山之精。《越絕書》曰：越王□□▨（勾踐有寶）劒五，聞於天下。客有能相劒者名曰薛燭，王召而問之，對曰：當□□▨（造此劒）之時，赤堇之山破而出錫，若耶之谿[30]涸而出銅。許慎《淮南子注》曰：▨（鋌），□▨▨▨▨▨（銅鐵璞也。徒鼎反）。精，謂[31] ⎯⎯銷踰羊頭，鍱越鍛成[32]。《淮南子》曰：苗山之鋌，羊頭之銷，雖水斷[33]▨□□▨（龍髯，陸劙）⎯⎯生鐵[34]⎯⎯

（中缺）

⎯⎯二[35]⎯⎯▨（哉）[36]！耕父推畔，魚堅[37]▨（讓）⎯⎯ ⎯⎯▨（危）[38]冠之飾，興臺咲[39]▨▨（短後）⎯⎯

（中缺）

⎯⎯皇風[40]▨▨（載罹），⎯⎯▨（實）[41]為秋，摛藻▨（為）⎯⎯簡[42]主：吾不復樹⎯⎯其[43]實。今子樹非[44]⎯⎯▨（君）[45]。《尚書大傳》曰：周人可比屋而▨（封）。⎯⎯ ⎯⎯▨▨（敏，已）[46]⎯⎯

【校記】

〔1〕　承　底一殘存下半，茲據胡刻本校補。以下凡殘字、缺字據胡刻本補出者不復一一注明。

〔2〕　椒　自前行「歡」至此底一殘泐，胡刻本作「仰折神蘁俯采朝蘭本草經曰白芷一名蘁許妖切遡蕙風于衡薄眷」。

〔3〕　衡　底一殘損左下角，自前行「於」至此殘泐，胡刻本作「瑤壇邊讓章華臺賦曰蕙風春施洛神賦曰踐椒塗之郁烈步」。

〔4〕　然此姸　　底二起於此，上截、下截皆有殘泐；「此」字殘損右
　　　　半。此為「乃有圓文之研，班題之從」句李善注中文，底二
　　　　「姸」為「研」之形訛字。

〔5〕　足　　底二殘損右上角，自前行「姸（研）」至此殘泐，胡刻本作
　　　　「獀指諸獸不專論豕也鼓鬣風生怒目電瞵瞵光也七從切口斂霜刃」。

〔6〕　物也五忽反　　此為「鼿林蹶石，扣跋幽叢」句李善注中文，胡
　　　　刻本作「鼿，以鼻搖動也。五忽切」，並無「物」字。胡克家《文
　　　　選考異》謂《七命》正文「鼿」字當作「虺」：「詳善音『五忽
　　　　切』，此字從『兀』明甚。《集韻・十一沒》云『虺，獸以鼻搖
　　　　動』，最可證。《晉書》亦誤『鼿』，《音義》云『音瓦』，『瓦』
　　　　即『兀』之誤。」按胡氏之說是也，《集韻》有「虺」無「鼿」；
　　　　而「瓦」「兀」二字俗書極易相亂，故「虺」或訛作「鼿」。唯
　　　　胡氏所據《集韻》不知何本，傳世《集韻》諸本入聲沒韻「虺」
　　　　字注並云「獸以鼻搖物」[12]，胡氏所揭《晉書音義》亦云「鼿，
　　　　音瓦，以鼻搖物」[13]，「物」字均合於底二，胡氏所引《集韻》
　　　　「動」字疑涉傳本《文選》李善注而誤。然則自前行「撥」字至
　　　　此「物也五忽反」底二殘泐部分可據胡刻本校補為「除也補達切
　　　　鼿林蹶石扣跋幽叢鼿以鼻搖」。

〔7〕　尔雅注　　胡刻本「尔」作「爾」。「尔」為「尒」手寫變體；《說
　　　　文》「尒」「爾」字別，但從古代文獻的實際使用情況來看，二
　　　　字多混用不分，說見張涌泉師《敦煌俗字研究》[14]。

〔8〕　反　　自前行（雙行小注右行）「曰」至此底二殘泐，胡刻本作「蹶

12　參見趙振鐸《集韻校本》中冊，第1416頁。
13　《晉書》第10冊，第3262頁。
14　張涌泉《敦煌俗字研究》（第二版），第250頁。

動搖之貌也居月」。

〔9〕　国　胡刻本作「國」。「国」為「國」之俗字，說見《敦煌俗字研究》[15]。

〔10〕　石逞伎　「石」字底二殘存下半，自前行「擊」至此殘泐，胡刻本作「也毛萇詩傳曰跋躓也扣跋或謂却伏也於是飛黃奮銳貴」。胡刻本「伎」作「技」。「伎」字《晉書·張協傳》載《七命》同[16]。《說文·手部》：「技，巧也。」人部：「伎，與也。」是「技」本字，「伎」假借字。「伎」篆段玉裁注云：「俗用為『技巧』之技。」[17]

〔11〕　行　自前行「伯」至此底二殘泐，胡刻本作「曰余左執太行之獲而右搏雕虎說苑曰勇士孟賁水」。

〔12〕　之　自前行（雙行小注右行）「陸」至此底二殘泐，胡刻本作「行不避虎狼吳越春秋曰夫差使王孫聖占夢聖曰占」。

〔13〕　南　底二殘存右半，自前行「使」至此殘泐，胡刻本作「力士石蕃以鐵椎椎殺聖張華博物誌曰石蕃衛臣也背負千二百斗沙蹙封狶償馮豕淮」。

〔14〕　「爾雅曰」以下為「拉魋艫，挫獬麃」句李注中文，底三起於此，上截殘泐；胡刻本作「《爾雅》曰：魋，白虎；艫，黑虎。張揖《漢書注》曰：獬麃，似鹿而一角也」。後「虎」字為底三首行雙行小注右行最後一字，殘存左半，其上「虎艫黑」三字皆僅存左端少許筆畫，其上殘泐；左行存「揖漢書注曰獬豸似」八字，其上殘泐之注文據胡刻本僅一「張」字。然則小注雙行

15　張涌泉《敦煌俗字研究》（第二版），第398頁。

16　《晉書》第5冊，第1521頁。

17　段玉裁《說文解字注》，第379頁。

皆九字，內容與胡刻本無異，茲據以校補「爾雅曰麛白虎黰黑
虎」及「張」共十字。至於胡刻本李注所引《漢書》張揖注「獬
廌」二字，當是後人據所注《七命》正文校改，底三作「解豸」
是也。考胡刻本卷八司馬相如《上林賦》「弄獬豸」張揖注云「獬
豸似鹿而一角」，「豸」字正合於底三；又《上林賦》正文「獬豸」
《史記》、《漢書》司馬相如本傳分別作「解豸」「解廌」[18]，「解」
字亦均與底三相同。然則張揖注原當作「解豸」。「獬」為「解」
之後起增旁俗字；又《說文·豸部》「豸」篆段注云：「古多叚
『豸』為解廌之『廌』，以二字古同音也。」[19]李善引張揖注「解
豸」以注《七命》「獬廌」，此引書「各依所據本」之例也[20]。又
底三與底二之間據行款估算並無缺行，唯二者均殘泐過甚，無
法直接拼接，故今亦分段校錄。

〔15〕　買　底三殘存下半，其上殘泐，胡刻本作「鹿而一角也勾爪攫鋸
　　　　牙捭淮南子曰勾爪鋸牙於是摯矣說文曰捭兩手擊也補」。

〔16〕　「薛綜」以下為「殞觡挂山，僵踣掩澤」句李注中文，胡刻本
　　　　作「鄭玄《周禮注》曰：四足死者曰觡。《爾雅》曰：僵，仆
　　　　也」。檢胡刻本卷二張衡《西京賦》「收禽舉觡」薛綜注云：
　　　　「觡，死禽獸將腐之名也。」是底三末行雙行小注右行「獸」字
　　　　之下殘泐的該行最後一字為「將」，則左行「名」上殘泐之注文
　　　　僅「腐之」二字，推知右行「西」上殘泐注文亦僅兩字，據李
　　　　善注體例，當為「薛綜」，茲徑補。而胡刻本此節李注則頗為可

18　《史記》第 9 冊，第 3034 頁；《漢書》第 8 冊，第 2653 頁。

19　段玉裁《說文解字注》，第 457 頁。

20　參見拙文《李善引書「各依所據本」注例考論》，《文史》2010 年第 4 輯，第 83-91 頁。

疑。《爾雅・釋言》：「債，僵也。」「憲，仆也。」[21]無「僵，
仆也」之文。所引《周禮》鄭玄注出《秋官・蜡氏職》「掌除骴」
句下，今本作「《曲禮》：四足死者曰漬。故書骴作脊。鄭司農
云：脊讀為漬，謂死人骨也。《月令》曰：掩骼埋胔。骨之尚有
肉者也，及禽獸之骨皆是」[22]，胡刻本不引《禮記》原文而轉引
《周禮》鄭注，殊乖情理，且「胔」字也與鄭注不合。檢《西京
賦》「僵禽斃獸」薛注云：「僵，仆也。」與底三「又曰」云云
相合。然則底三此注體例謹嚴，為李注原文無疑。「薛綜」上底
三殘泐，胡刻本作「說文曰草編狼藉也殣胔挂山僵踣掩澤」。

〔17〕 虞人數獸　底四起於此，上截、下截皆有殘泐。

〔18〕 息　底四殘存右下角，自前行「林」至此殘泐，胡刻本作「衡
計鮮周禮有虞人又有林衡孔安國尚書傳曰鳥獸新殺曰鮮論最犒勤」。

〔19〕 「張晏」下底四殘泐，胡刻本作「漢書注最功第一也西京賦
曰」。

〔20〕 「犒」字左半偏旁底四在「牛」「扌」之間。按犒師字古作「槁」
（俗寫或作「搞」），「犒」為後出俗字，說見段玉裁《周禮漢讀
考》[23]。

〔21〕 軒　底四殘損右上角，自前行「勤」至此殘泐，胡刻本作「賞功
杜預左氏傳注曰犒勞也又曰韜藏也肴駟連鑣酒駕方」。

〔22〕 下之壯觀　底五起於此，首末兩行上截、下截皆有殘泐，其餘
四行上截殘泐。「下之壯觀」為「此亦田游之壯觀，子豈能從我
而為之乎」句李注中文，底五抄為雙行小注左行，右行可據胡

21　《十三經注疏》，第2584頁。

22　《十三經注疏》，第884頁。

23　段玉裁《經韻樓集》附錄，第19頁。

刻本校補「封禪文曰天」五字。

〔23〕營　自前行「能」至此底五殘泐，胡刻本作「也大夫曰楚之陽
劍歐冶所」。

〔24〕風湖子　胡刻本作「風鬍子」。胡刻本卷四七王褒《聖主得賢臣
頌》「及至巧冶鑄干將之璞，清水淬其鋒，越砥斂其鍔」李注引
《越絕書》作「風鬍子」，而《文選集注》則作「風湖子」，正合
於底五，《藝文類聚》卷六〇《軍器部》、《北堂書鈔》卷一二二
《武功部十》「麾則流血」條引《越絕書》並同[24]。又張協《七命》
「光駭風胡」句，《藝文類聚》卷五七《雜文部三》引亦作
「湖」[25]。然則胡刻本「胡」字當是後人所校改。

〔25〕賨　胡刻本作「賮」。「賨」為「賮」之俗字，說見《玉篇‧貝
部》[26]。

〔26〕作為劍　胡刻本作「作為鐵劍」。上揭王褒《聖主得賢臣頌》李
善注引作「為鐵劍」，《北堂書鈔》引同，《藝文類聚》及《初學
記》卷二二《武部》「鐵英金穎」條引《越絕書》作「作鐵劍」[27]。

〔27〕歐冶子　「冶」字底五原誤作「治」，茲據胡刻本改正。胡刻本
無「子」字，蓋誤脫。

〔28〕大阿　胡刻本作「太阿」。「大」「太」古今字。

〔29〕耶谿之鋌　胡刻本「耶」作「邪」。《玉篇‧耳部》：「耶，俗邪
字。」[28]

24　歐陽詢《藝文類聚》，第1079頁；董治安主編《唐代四大類書》第1冊，第512頁。

25　歐陽詢《藝文類聚》，第1031頁。

26　《宋本玉篇》，第473頁。

27　董治安主編《唐代四大類書》第1冊，第512頁；歐陽詢《藝文類聚》，第1079頁；
《初學記》，第527頁。

28　《宋本玉篇》，第94-95頁。

〔30〕 若耶之谿 胡刻本「谿」作「溪」。「谿」字六臣本所載李善注同。《說文・谷部》「谿」篆徐鍇注云:「俗作溪。」[29]

〔31〕 「謂」為底五第五行上半截雙行小注右行最後一字,左行殘泐,胡刻本作「其中尤善者」,六臣本所載李注「者」下尚有一「也」字。

〔32〕 鏷越鍛成 胡刻本「鏷」作「鏷」。「鏷」字《晉書》張協本傳同[30],《晉書音義》:「鏷,音葉。」[31]「鏷」為鏷(矢名),與《七命》文義不合,故胡刻本李善注云:「鏷或謂為鏷。《廣雅》曰:鏷,鋋也。」考傳本《廣雅》無「鏷,鋋也」文,王念疏《廣雅疏證》於《釋器》「鏑、鋇、鋁、鉿,鋋也」條補「鐷」「鑸」二字,云:「《玉篇》:『鐷,小鋋也。』『鑸,鋋也。』《廣韻》『鑸』字引《廣雅》『鑸,鋋也』,《集韻》、《類篇》『鋋』字注竝引《廣雅》『鐷、鑸,鋋也』,是『鐷』『鑸』二字在『鋋』字之上。」[32]按《集韻》入聲屑韻莫結切小韻「鐷」字注云:「《博雅》:鐷、鑸,鋋也。」帖韻達協切小韻「鑸」字注云:「《博雅》:鋋也。一曰鐶也。或省。」[33]王氏所補可以信從。而《集韻》「鑸」字注所謂「或省」者,正指省「牒」旁為「枼」作「鏷」字。然則李注引《廣雅》蓋作「鑸,鋋也」,《七命》正文「鏷」為「鑸」之省借。六臣本《文選》正文作「鏷」,亦「鏷」之異體字,《集

---

29 徐鍇《說文解字繫傳》,第227頁。

30 《晉書》第5冊,第1522頁。

31 《晉書》第10冊,第3262頁。

32 王念孫《廣雅疏證》,第252頁。

33 《宋刻集韻》,第202、225頁。

韻・葉韻》:「鑷,鋌也,鐶也。或省。」[34]所謂「或省」者,指「葉」旁省作「枼」也。

〔33〕断　胡刻本作「斷」。《干祿字書・上聲》:「斷断,上俗下正。」[35]

〔34〕生鐵　「生」上底五殘泐,胡刻本作「兜甲莫之服帶許慎日銷」。「鐵」字左側尚存雙行小注左行一殘字,然不可辨識,疑為「廣雅」之「廣」字(參見上條)。

〔35〕二　底六起於此,上截、下截皆有殘泐。

〔36〕哉　底六殘存右下角,其上殘泐,胡刻本作「代鬱鬱乎文」。

〔37〕竪　胡刻本作「豎」。「豎」字《說文》從臤、豆聲,「竪」為會意俗字,說見《敦煌俗字研究》[36]。

〔38〕危　底六殘存下半,自前行「讓」至此殘泐,胡刻本作「陸文子日黃帝之化天下田者讓畔淮南子日黃帝化天下漁者不爭坻樵夫恥」。

〔39〕咲　胡刻本作「笑」。「咲」為「笑」之俗字,《干祿字書・去聲》:「咲笑,上通下正。」[37]

〔40〕皇風　底七起於此,末行僅存中部兩字小注,其餘上截殘泐。

〔41〕實　底七殘存下端少許筆畫,其上殘泐,胡刻本作「時聖道醇杜預左氏傳注日韙是也于匪切尚書日政事惟醇孔安國日醇粹也舉」。

〔42〕「簡」上底七殘泐,胡刻本作「春韓詩外傳日魏文侯之時子質仕而獲罪謂」。

〔43〕「其」上底七殘泐,胡刻本作「德簡主日夫春樹桃李夏以得蔭其下秋得食」。

34　《宋刻集韻》,第224頁。

35　施安昌《顏真卿書干祿字書》,第39頁。

36　張涌泉《敦煌俗字研究》(第二版),第796頁。

37　施安昌《顏真卿書干祿字書》,第53頁。

〔44〕 今子樹非　胡刻本「非」上有「其」字。今本《韓詩外傳》卷七云「今子所樹非其人也」[38]，刻本「其非」二字蓋誤倒。

〔45〕 君　底七殘存左下角，其上殘泐，胡刻本作「人也苔實戲曰擿藻如春華下有可封之民上有大哉之」，其中李善注「人」上疑有「其」字，參見上條。

〔46〕 底七末行僅存兩個小字，左端皆略有殘損。此為張協《七命》末句「余雖不敏，請尋後塵」李注中文，胡刻本作「《論語》：顏回曰：回雖不敏，請事斯語。應璩《與桓元則書》曰：敢不策馳，敬尋後塵」，無法據以補出兩殘字。考《七命》上文「雖在不敏，敬聽嘉話」句李注引《孝經》云：「參不敏。」同篇內「不敏」重見，根據李善注例，末句當不復重注或從省云「不敏，已見上文」，而胡刻本引《論語》「顏回」云云當非李注原文[39]。底七末行兩殘字據字形恰為「敏已」，茲徑補。然則自前行「封」至此底七殘泐者可擬補為「論語子曰大哉堯之為君惟天為大惟堯則之民或為屋余雖不敏請尋後塵不」，其中李注「民或為屋」四字或非底七所有，否則行款不合。又《七命》正文「尋」字六臣本作「從」，合於《晉書》張協本傳[40]，校語云「善本作尋字」；不過「尋」字疑涉李注「敬尋後塵」而改，實非李善、五臣之異。

38　屈守元《韓詩外傳箋疏》，第645頁。

39　考詳拙著《古抄本〈文選集注〉研究》有關李善注「再見從省」例的討論（第33-71頁）。

40　《晉書》第5冊，第1524頁。

佚名注本

補亡詩──上責躬應詔詩表

【題解】

　　底卷編號為 Φ.242，為蕭統《文選》佚名注本，起束皙《補亡詩·由儀》首句「蕭蕭君子，由儀率性」注，至曹植《上責躬應詔詩表》「馳心輦轂」句注，殘存一百八十五行，正文大字，小注雙行。《上責躬應詔詩表》與其上張華《勵志詩》之間不分卷，而李善注本後者載卷一九，前者載卷二〇，則底卷或尚存蕭《選》三十卷本之舊。

　　《孟目》1452 號著錄云：「〔文選〕手卷，368×28，首尾缺。九紙。紙色白，紙質薄。一八五行，每行十三字。畫行很細。楷書大字，有小字雙行注釋，捺筆畫粗，筆道蒼勁有力。分卷法及釋文與《四部備要》不相符。據狩野直喜判斷，這是以前佚失的釋文。從〔《補亡詩》〕起，束廣微著，第六首，到《上責躬應詔詩表》，曹子建著。注明日期七至八世紀，不早於六三〇年（李世民登位時間，因為把「𰯟」字寫成「民」字），不遲於七一八年（五位作者做注釋的時間。引者按：呂延祚於此年表上《文選》五臣注）。從『其性從儀明明后辟言有明

明之德后辟君仁以為政言仁』，到『召齒錄至止之日言使至□〔馳心犖轂〕謂天子□□□』。」[1]

《孟目》所定底卷抄寫時間蓋本諸狩野直喜。狩野氏《唐鈔本〈文選〉殘篇跋》云：「檢書中帝諱『淵』字、『世』『民』字、『顯』字闕筆，『隆』『基』字不闕筆，則在玄宗以前矣。」[2] 所謂「淵」字缺筆指第一三九行「水積成淵」等四處「淵」字，實則此乃俗字，並非出於避諱；又底卷「顯」字凡三見，左下角皆僅三點而非四點，同樣屬於俗寫[3]。狩野直喜對底卷避諱字的判別不夠準確。

傅剛《〈文選〉版本敘錄》云：「本卷『民』字缺筆，然『淵』字不避。」[4]《俄藏敦煌寫本 Φ242 號〈文選注〉發覆》又云：「此本於『世』『民』皆缺筆，無論正文、注文，無一例外，但高宗以後不諱，如『治』『照』『隆』『基』等，證明寫本當在太宗朝。」[5] 按傅氏所言避諱情況合乎事實，唯底卷第一〇八行「虎」作「虗」，第一三五行「彪」作「彪」，尚諱「虎」字。

不過傅剛的太宗朝寫本說恐怕難稱定讞。敦煌吐魯番寫本避諱不甚嚴格，有避諱證據固然能夠確定抄寫上限，反之則不足以判斷下限。如 P.2528《西京賦》李善注寫卷，「世」「虎」等字缺筆而不諱「治」字，而據卷末題記卻可知為高宗李治朝長安寫本（參見《西京賦》「題解」）。傅氏因底卷不避高宗以後諸帝名諱便定為太宗朝寫本，「過分

1　〔俄〕孟列夫主編《俄藏敦煌漢文寫卷敘錄》上冊，袁席箴、陳華平譯，第 577-578 頁。

2　《支那學》第 5 卷第 1 號，第 153 頁。

3　參見張涌泉師《敦煌俗字研究》，第 540、881 頁。

4　《國學研究》第 5 卷，第 192 頁。

5　《文學遺產》2000 年第 4 期，第 44 頁。

利用了避諱的朝代性特徵，而忽視了敦煌文獻避諱的特殊性」[6]。

　　狩野直喜《唐鈔本〈文選〉殘篇跋》曾對底卷正文與傳世《文選》李善注本、五臣注本的異同作過比勘，謂「此書與李善注本合者十八九，與五臣注本合、或與兩書均不合者十一二」[7]。傅剛《俄藏敦煌寫本 Φ242 號〈文選注〉發覆》也有類似比勘，結論與狩野氏大致相同：「從正文的比較看，李善本應該是與寫卷有關係的。」[8]傅氏另外發現底卷注文與李善注「在所有的篇目中都基本相合」，二者之一應當「參考並依據了另一個本子」，最終根據底卷韋孟《諷諫》詩注未引《漢書》顏師古注而李善則多加徵引等證據（《諷諫》詩載於《漢書・韋賢傳》），進一步證成其「寫本成於太宗年間」之說，並推測底卷曾被李善所借鑒（顏氏注成《漢書》在太宗朝，李善表上《文選注》在高宗初年）。

　　徐俊指出：「顏注《諷諫詩》未被寫本引用確是事實，但是我們注意到同卷張茂先《勵志詩》『如彼東畝，力未既勤』句注卻引用了顏師古注，注云：『顏監曰：耒，牛耕曲木。』這一點至少說明寫本完成於顏師古《漢書》注問世之後，儘管還不足以證明寫本與李善注本的先後，但說明了寫本與李善注本一樣都有引用顏注的例子。」[9]上引「顏監」云云可謂傅剛太宗朝寫本說的致命反證，因為傅氏本人也認為「至

6　竇懷永《敦煌文獻避諱研究》，第 268 頁。按劉明《俄藏敦煌Φ242〈文選注〉寫卷臆考》同樣根據底卷避諱情況「斷定寫卷抄寫於唐太宗朝」（《文學遺產》2008 年第 2 期，第 31 頁），所失與傅剛相同。又陳垣《史諱舉例》證明避諱缺筆當起於唐高宗之世，徐明英、熊紅菊《俄藏Φ242 敦煌寫本〈文選注〉的避諱與年代》據以否定太宗朝寫本說（《敦煌學輯刊》2010 年第 4 期，第 113 頁），可以參看。

7　《支那學》第 5 卷第 1 號，第 154 頁。

8　《文學遺產》2000 年第 4 期，第 46 頁。

9　徐俊《書評：〈敦煌吐魯番本文選〉、〈敦煌本昭明文選研究〉、〈敦煌本文選注箋證〉、〈文選版本研究〉》，《敦煌吐魯番研究》第 5 卷，第 379 頁。

少完成於太宗朝的寫本，不太可能引用完成於同時的顏注《漢書》」[10]。

　　事實上，傅剛在探討底卷佚名《文選注》與李善注的關係問題時，其前提是依據避諱推定的抄寫年代。前提既不牢靠，結論自然也待商榷。在沒有如山鐵證之前，即便底卷注文確如傅氏所言與李注「基本相合」，尚不足以推論二者之間必然存在彼此傳承的關係，也不能想當然認為《文選》後世注本必定參考過前人注解，尤其是在印刷術尚未流行的盛唐之前。

　　范志新也不讚同傅剛的觀點，《俄藏敦煌寫本 Φ.242〈文選注〉與李善五臣陸善經諸家注的關係——兼論寫本的成書年代》謂底卷曾借鑒李善注[11]，恰與傅說相反。不過范氏的立論前提則與傅剛無異，同樣也是由避諱推定的寫卷抄寫年代；而且范氏承襲狩野直喜之誤說，以為底卷「避中宗名諱『顯』字」，則該卷「當然不可能是太宗時代寫本，也不可能早於高宗顯慶三年表上的李善注」[12]，其結論顯然不可遵從。

　　范志新又有底卷佚名《文選注》曾參考五臣注之說[13]，尤謬。底卷

10　傅剛《俄藏敦煌寫本 Φ242 號〈文選注〉發覆》，《文學遺產》2000 年第 4 期，第 51-52 頁。按富永一登《文選李善注の研究》認為，李善並未引用《漢書》顏師古注，傳世板本李注中的顏注乃後人所添（第 249-275 頁），則徵引顏注與否其實不足以作為底卷《文選注》出於李善注之前或之後的證據。

11　《敦煌研究》2003 年第 4 期，第 68-69 頁。

12　《敦煌研究》2003 年第 4 期，第 68 頁。按范志新後來又據避諱判定底卷抄寫於「唐末哀帝之時」（《再論俄藏敦煌寫本 Φ242〈文選注〉的成書年代——以諱字為例》，《文選版本論稿》，第 220 頁）。劉明《俄藏敦煌 Φ242〈文選注〉寫卷臆考》駁之云：「范志新所舉諱字例，除『淵』『世』『民』之外，實多六朝乃至唐時俗體字，多見於《干祿字書》或《龍龕手鑒》。」（《文學遺產》2008 年第 2 期，第 31 頁）許雲和《俄藏敦煌寫本 Φ242 號文選注殘卷考辨》又謂底卷避肅宗李亨諱（《學術研究》2007 年第 11 期，第 119-120 頁），亦與范氏同誤。

13　范志新《俄藏敦煌寫本 Φ.242〈文選注〉與李善五臣陸善經諸家注的關係——兼論寫本的成書年代》，《敦煌研究》2003 年第 4 期，第 70 頁。

背面《孟目》891 號定名為《金剛般若經讚述》卷二 [14]（《俄藏》承之），實為《金剛般若經旨贊》卷下，唯文字較《大正藏》本稍略。《金剛般若經旨贊》，釋曇曠（？-788）唐肅宗寶應二年（763）前撰於朔方（治今寧夏靈武西南）[15]，我國歷代大藏經皆未收錄，敦煌寫卷尚存十餘號，其中北新 1554、S.721 兩卷分別有唐代宗廣德二年（764）六月客僧法澄與釋普遵在沙州龍興寺的寫經題記 [16]。按 P.2494a 及 P.2494v 也是《金剛般若經旨贊》卷下，前者之贊文較後者簡略，當非定本（參見《演連珠》「題解」）。今底卷背面《金剛般若經旨贊》比 P.2494a 繁複而稍略於《大正藏》本，又多有校改痕迹，其非定本可知，抄寫時間當在廣德二年之前。從書法來看，也非陷蕃以後寫本。

　　呂延祚表上《文選》五臣注在唐玄宗開元六年（718，參見上引《孟目》）。若謂底卷正面《文選注》曾參考五臣注，則正、背面抄寫時間相去不遠。底卷行款疏朗，書法精美，定為中原抄本當無疑義。考慮到底卷在中原、敦煌之間的輾轉流傳，《文選注》撰著在五臣注以後之說殆不近情理，更遑論此卷又不大可能為著者手稿也。

　　狩野直喜《唐鈔本〈文選〉殘篇跋》[17]（簡稱「狩野直喜」）、羅國威《敦煌本〈昭明文選〉研究》（簡稱「羅國威」）、劉明《俄藏敦煌Φ242〈文選注〉寫卷校釋》[18]（簡稱「劉明」）都曾對底卷作過校勘。

　　今據 IDP（國際敦煌項目）網站的彩色照片錄文，以胡刻本《文選》為校本，校錄於後。注文中明顯的錯字徑在原字後「（ ）」內注

14　〔俄〕孟列夫主編《俄藏敦煌漢文寫卷敘錄》上冊，袁席箴、陳華平譯，第 357 頁。

15　參見《敦煌學大辭典》郝春文撰「曇曠」條（第 347 頁）。

16　參見《敦煌學大辭典》方廣錩撰「金剛般若經旨贊」條（第 684 頁）。

17　《支那學》第 5 卷第 1 號，第 153-159 頁。

18　《古籍整理研究學刊》2008 年第 6 期，第 28-38 頁。

出正字，特此說明。

（前缺）

□性□〔1〕從儀。明明后辟〔2〕，言有明明之德。后辟，君。仁▨
（以）〔3〕為政。▨（言）仁德之仁君以此為政也。言仁以德為政化也。
魚游清沼，鳥萃平林。沼，小也（池）曰沼。萃，集。濯鱗鼓翼，
振振其音。賓謂二王后。寫尔誠〔4〕，主竭其心。時之和矣，何思
何脩？文化內輯，輯〔5〕，和。武功外悠。悠，長。

述德前言孝子之養親，此言述祖之有如此德，亦言孝也。宋永嘉太
守，曾祖安、祖玄破扶堅〔6〕賊，大有功勛，得七州剌史。

述祖德詩二首五言〔7〕　謝靈運為敗苻堅等，故作此詩。丘淵之《新
集錄》曰：靈運，陳郡陽夏人。祖玄，車騎將軍。父漁〔8〕，秘書監。
靈運歷秘書監、侍中、臨川內史，伏誅。謝靈運字靈運，陳郡〔陽〕
夏人〔9〕，小名客兒。晉世以仕，至宋時為侍中。初，為永嘉太守，非
其意，乃歸會稽。會稽太守孟顗譖之反，運乃馳入京，自理得免。乃
遷之為臨川內史，秩中二千石。於臨川取晉之踈從子弟養之，意欲興
晉。後事發，徙居廣州，於廣州犯事被煞〔10〕。其人性好急躁麄踈，曾
謂孟顗云：若生天在運前，若作佛在運後。顗問何謂，運對曰：丈人
蔬食好善，故生天在前；作佛須智慧，丈人故在運後。因此孟顗遂致
恨之。孟顗是運之丈人。靈運作詩，意述其祖德。其祖玄有功於晉，
曾祖安亦有功於晉世。父名，本作🈶一人〔11〕。

　　達人遺自我〔12〕，謂父是通達人。墨翟貴己，不肯流意天下，故
貴自我。作貴勝〔13〕。遺，弃。高情屬天雲。言情上屬於天与雲。兼

抱濟物性，言并有濟拔万物之性。而不纓垢紛〔14〕。言不為垢氛所
纓。段生蕃魏國，《史記》：段生，段干木也，魏人，有德。生蕃魏。
展季救魯民〔15〕。展季，謂柳下惠。依書傳，柳季無救魯民之文。其
先展喜，春秋僖公時却齊師，疑為季也。絃高犒晉師〔16〕，絃高以牛
十二頭犒秦師，無晉師之文，此亦為誤。案：僖卅二年，此秦伯使孟
明等三師（帥）伐鄭，鄭商人弦高將市於周。仲連却秦軍〔17〕。《史
記》：仲連，魯仲連，齊人。趙孝成王時，秦伐趙師。魏使辛袁衍〔18〕
使趙，謂秦為帝。郎中仲連于時在趙〔19〕，以義責衍，衍大慙，無言可
對。秦師聞魯連之言，遂為之退舍五十里，不敢加兵于趙。按：却，
庠退〔20〕。臨組乍不緤〔21〕，對珪寧肯分？古者將為帶印，綬継著要
〔22〕。組，印條（條）也。緤，継也。珪者，天子欲封諸侯，即与之介
珪。于時趙平原君以千金封魯連，魯連不受，乃言曰：丈夫當為人排
患解紛，安能買販人乎？連物辝所賞〔23〕，言不受賞，東赴于海。勵
志故絕人。迢迢歷千載〔24〕，迢迢，遠。遙遙播清塵。播清塵，清
風之塵。清塵竟誰嗣，明哲時經綸。明哲，謂靈運之先祖。經綸
者，《尚書》云：綸道經邦。委講輟道論〔25〕，為救世故委講者，謂運
之叔祖安〔26〕、王義（羲）之友等同隱在會稽山，出晉為苻堅於淮左
〔27〕。綴，止〔28〕。改服康世屯。屯卦，不通之兒。康，安。屯，難。
屯難既云康，尊主隆斯民。令百姓皆有隆平也。

　　中原昔喪乱〔29〕，中原，謂雒陽。晉懷帝、愍帝時，有石勒、劉
聰、至（王）弥等賊破雒陽，懷帝歿于平陽。喪乱豈解已。已，止。
崩騰永嘉末，崩騰，破壞之兒。永嘉，懷帝年号也。逼迫太元始。
逼，近也。太元，東晉元帝年号〔30〕。河外無反正，北境謂之河外。
江介有蹧圮。介，介隔也。謂於江南。圮，毀也。蹧，急也。万邦
〔31〕咸震懾，震，驚。橫流賴君子。君子，謂靈運之祖。拯溺由道

情，由有道德之情。拯，拔。龕暴資神理。龕，勝也。顧希馮力取。秦趙欣來蘸[32]，安国蘸息也。《聲類》：更〔生〕也[33]。燕魏遲[34]文軌。思遲文軌也。遲，待也。言晉家居七州之外，謂極廣大也[35]。賢相謝世運，遠圖因事止[36]。言宏遠之圖謀巳今事亦止。高揖七州外，拂衣五湖裏。謂太湖、上湖、翮湖、石〔湖〕[37]、貴湖也。隨山疏濬潭，疏，疏決使通流。傍巖藝枌梓[38]。埶，種也，尌也[39]。枌，白榆。遺情捨塵物，世間塵黑之物。貞觀丘壑美。貞，正。觀，見也。謂正見丘壑之美。

【校記】

〔1〕　「性」字上下底卷皆殘泐一字，茲擬補兩個缺字符，據《孟目》，上字為「其」。此為束皙《補亡詩六首》其六《由儀》首句「肅肅君子，由儀率性」注中文。

〔2〕　眀眀后辟　胡刻本「眀」作「明」。「眀」「明」古異體字。下凡「眀」字同。

〔3〕　以　底卷殘損右半，茲據胡刻本校補。

〔4〕　寔寫尔誠　胡刻本「尔」作「爾」。羅國威云：「敦煌本『爾』字用俗體。」按「尔」為「介」手寫變體；《說文》「介」「爾」字別，但從古代文獻的實際使用情況來看，二字多混用不分，說見張涌泉師《敦煌俗字研究》[19]。下凡「尔」字同。

〔5〕　輯　底卷原作重文符號，承正文「輯」字而省，茲予以還原。下凡此不復出校。

〔6〕　扶堅　羅國威云：「『扶』當作『苻』，下文『謝靈運』下注文

19　張涌泉《敦煌俗字研究》（第二版），第250頁。

即作『苻』，作『扶』乃同音假借。謝玄破苻堅事見《晉書‧謝玄傳》。」

〔7〕　述祖德詩二首五言　胡刻本「五言」為小字注，合於《文選》體例。

〔8〕　父漁　「漁」蓋「渙」之形訛字，參見校記〔11〕。

〔9〕　陳郡陽夏人　底卷原無「陽」字，羅國威云：「敦煌本『郡』下當脫一『陽』。」按上文引《新集錄》即云「陳郡陽夏人」，茲據補。

〔10〕　煞　羅國威云：「『煞』與『殺』同。」按《干祿字書‧入聲》：「煞殺，上俗下正。」[20]

〔11〕　父名眾本作𤲞一人　羅國威云：「敦煌本前引《新集錄》作『父漁』，此作『父奐』，檢《晉書‧謝瑍傳》、《宋書‧謝靈運傳》及《南史‧謝靈運傳》，其父名並作『瑍』，敦煌本作『漁』及『奐』並訛。」按「奐」及所謂「𤲞一人」皆「奐」之俗訛字，又寫作「奐」「奐」等[21]。《世說新語‧言語》「謝靈運好戴曲柄笠」條劉孝標注云：「丘淵之《新集錄》曰：靈運，陳郡陽夏人。祖玄，車騎將軍。父渙，秘書郎。」[22]是底卷所引《新集錄》「漁」乃「渙」之形訛字，「奐」「渙」同音字；而「瑍」字《廣韻》尚未收，蓋「奐」之後起增旁字。

〔12〕　達人遺自我　胡刻本「遺」作「貴」。參見下條。

〔13〕　作貴勝　羅國威云：「此三字乃敦煌本注所下之斷語，蓋傳鈔時底本作『遺』，參校本作『貴』，故云。」按李善注云：「《呂氏

20　施安昌《顏真卿書干祿字書》，第60頁。

21　參見張涌泉師《敦煌俗字研究》（第二版），第363頁。

22　余嘉錫《世說新語箋疏》，第189頁。

春秋》曰：陽朱貴己。高誘曰：輕天下而重己也。」五臣呂延濟
注云：「貴我，謂輕物重身也。」並作「貴我」。

〔14〕 垢紛 胡刻本作「垢氛」。羅國威云：「敦煌本注文作『垢氛』，
則正文『紛』亦當作『氛』。」

〔15〕 魯民 胡刻本作「魯人」。狩野直喜云：「李善注本、五臣注本
『魯民』均作『魯人』，蓋唐諱『民』字，故或改作『人』，而宋
刻未經刊改耳。梁章鉅曰『故絕人』與上『魯人』韻複（《文選
旁證》卷十九），不知此書原作『魯民』，韻固不複也。」按此
詩末句亦押「民」字韻。

〔16〕 絃高犒晉師 胡刻本「絃」作「弦」。《說文》無「絃」字，「絃」
為「弦」之後起別體。

〔17〕 魯連却秦軍 胡刻本「却」作「卻」。「却」為「卻」之隸變俗
字，敦煌吐魯番寫本多作「却」，考詳《敦煌俗字研究》[23]。

〔18〕 辛袁衍 羅國威云：「《史記·魯仲連傳》『辛袁衍』作『新垣
衍』。」按「辛」「新」、「袁」「垣」分別同音。

〔19〕 郎中仲連于時在趙 羅國威云：「仲連游於趙前『不肯仕宦任
職』，却秦軍後又辭封不受，無有任郎中事，敦煌本『郎中』二
字疑衍。」按古人行文往往如此，「郎中」不必遽視為衍文。

〔20〕 庠退 劉明云：「『庠』當為『佯』之訛。」按佯偽字古籍多作
「陽」，或作「詳」，「佯」則所謂「後起本字」，「庠」不必遽視
為訛字。

〔21〕 綵 胡刻本作「綵」。羅國威云：「『綵』乃『綵』之別體，而
『綵』與『紲』通。」按「綵」為「綵」之諱改字。「紲」「綵」《說

23　張涌泉《敦煌俗字研究》（第二版），第 318 頁。

文》異體。

〔22〕綏継著要　羅國威云：「『要』『腰』古今字。」「継」為「繼」
　　　之俗字，說見《玉篇·糸部》[24]。下凡「継」字同。古多用「繼」
　　　為「繫」，考詳蔣禮鴻《敦煌變文字義通釋》[25]。

〔23〕連物辝所賞　胡刻本「連」作「惠」，「辝」作「辭」。羅國威云：
　　　「作『惠』是，敦煌本訛。李善注云：『恩惠及物，而不受賞
　　　賜。』」《干祿字書·平聲》：「辝辤辭，上中竝辝讓；下辭說，
　　　今作辝。」[26]是「辝」本字，「辭」假借字；唯唐代「辝」字往
　　　往用為「辭」之俗字，而後世則「辝讓」「辭說」字並作「辭」。
　　　下凡「辝」字同。

〔24〕迢迢歷千載　胡刻本「迢迢」作「苕苕」。羅國威云：「『苕』
　　　與『迢』通，而『迢』乃『迢』之別體。」按聯綿詞無定字，作
　　　「迢迢」「苕苕」均可，或又作「迢迢」。

〔25〕委講輟道論　胡刻本「輟」作「綴」。參見校記〔28〕。

〔26〕謂運之叔祖安謝安　為謝靈運曾叔祖，底卷上文皆云「曾祖
　　　安」，此「叔」字疑為「曾」字之誤，或「叔」上脫「曾」字。

〔27〕出晉為苻堅於淮左　狩野云：「『為』下疑有脫文。」劉明云：
　　　「（上文）『為救世故』當移文至『出晉為苻堅於淮左』句之前，
　　　『晉為』當作『為晉』，『苻堅』前恐脫漏『破』字。」

〔28〕綴止　狩野云：「此書注云『綴，止』，乃『輟，止』之誤寫。
　　　案李白《古詩》『寂寞綴道論，空簾閉幽情』，蓋亦用李善本。」
　　　羅國威云：「『綴』當依正文作『輟』。『綴』無『止』義，而『輟』

24　《宋本玉篇》，第 493 頁。

25　《蔣禮鴻集》第 1 卷，第 272 頁。

26　施安昌《顏真卿書干祿字書》，第 16 頁。

有『止』義。」並引黃侃《文選評點》說云:「『委講綴道論』句,『綴』當作『輟』。」劉明云:「『綴』通『輟』,《荀子·成相》楊倞注云:『綴,止也。與輟同。』」按黃節《謝康樂詩注》云:「《荀子·成相篇》『春申道綴基畢輸』,楊倞注:『綴,止也。與輟同。』」《晉書·謝玄傳》上疏有『從臣亡叔安,退身東山,以道養壽』之語,『委講綴道論』當指與安東山講道之時,即而委輟出山,以康世難也。五臣注李周翰謂『玄委棄講藝,與王羲之隱於會稽之山,以綴道論』,說非。」[27] 是「綴」可假借為「輟」而訓為「止」;五臣望文生訓,殊謬。胡刻本卷二六謝靈運《入彭蠡湖口》詩:「金膏滅明光,水碧綴流溫。」「綴」字五臣本作「輟」,呂向注云:「金膏,仙藥也。水碧,水玉也。此江中有之,然皆滅其明光,止其溫潤而不見。」此謝靈運借「綴」為「輟」之又一例也。胡刻本《述祖德詩》「委講綴道論」之「綴」當非訛字,底卷此注正可以為證。「綴」「輟」蓋同源。《說文·叕部》:「綴,合箸也。」車部:「輟,車小缺復合者。」「綴」為「合箸」而訓「止」,亦猶「輟」為「小缺」而涵「復合」之意。《禮記·樂記》「禮者,所以綴淫也」鄭玄注云「綴猶止也」[28],與底卷此注及黃節所揭《荀子》楊注相合。

〔29〕 乱 胡刻本作「亂」。《干祿字書·去聲》:「乱亂,上俗下正。」[29]下凡「乱」字同。

---

27 黃節《謝康樂詩注》,第 21 頁。

28 《十三經注疏》,第 1534 頁。按《禮記音義》「綴,知劣反」(陸德明《經典釋文》,第 196 頁),與「輟」同音(《廣韻》「綴」「輟」並陟衛、陟劣二切,S.2071《切韻箋注》入聲薛韻陟劣反小韻僅收「輟」「畷」「惙」「剟」四字,無「綴」,是「綴」字本音讀去聲)。

29 施安昌《顏真卿書干祿字書》,第 52 頁。

〔30〕 太元東晉元帝年号 羅國威云：「李善注云：『孝武帝即位，年號太元。』敦煌本誤，當據改。」按謝玄破苻堅在太元八年（383）。

〔31〕 万邦 「邦」字底卷原作「拜」，羅國威云：「作『邦』是，『拜』與『邦』形近，故訛。」茲據胡刻本改正。胡刻本「万」作「萬」。《玉篇·方部》：「万，俗萬字。十千也。」[30] 下凡「万」字同。

〔32〕 蘓 胡刻本作「蘇」。羅國威云：「『蘓』乃『蘇』之別體。」按《干祿字書·平聲》：「蘓蘇，上俗下正。」[31]

〔33〕 聲類更生也 「聲類」二字底卷原作「類聲」，無「生」字。羅國威云：「『類聲』2字誤倒，當作『聲類』。《聲類》十卷，魏李登撰，今亡。玄應《一切經音義》卷18及卷19引《聲類》云『更生曰蘇』。敦煌本此注『更』下當脫一『生』字，當作『《聲類》：更生也』。」茲據改。

〔34〕 遟 胡刻本作「遲」。「遟」小篆隸定字，「遟」籀文隸定字，「遲」則後出俗字。

〔35〕 言晉家居七州之外謂極廣大也 羅國威云：「此句當是『高揖七州外』句之釋文，敦煌本錯置於此。」

〔36〕 遠啚因事止 胡刻本「啚」作「圖」。《干祿字書·平聲》：「啚圖，上俗下正。」[32] 下凡「啚」字同。

〔37〕 石湖 底卷原無「湖」字。《水經注》及《後漢書·馮衍傳》李賢注引虞翻語並稱「射湖」，劉明據以謂底卷「石」當作「射」，

---

30 《宋本玉篇》，第342頁。

31 施安昌《顏真卿書干祿字書》，第19頁。

32 施安昌《顏真卿書干祿字書》，第19頁。

　　又脱一「湖」字。茲據補「湖」字。唯地名往往為記音字，「石」

　　「射」音近，「石」不必遽視為訛字。

〔38〕　傍巖蓺枌梓　胡刻本作「巖」作「巘」，「蓺」「蓺」。「巖」「巘」

　　偏旁易位字。羅國威云：「『蓺』與『藝』同。」按「蓺」「藝」

　　古今字。

〔39〕　埶種也尌也　「埶」字底卷原作「執」，羅國威云：「『執』乃

　　『埶』之訛。『埶，種也』見《廣雅·釋地》，『蓺，樹也』見《毛

　　詩·齊風·南山》『蓺麻如之何』毛傳。『埶』與『藝』及『尌』

　　與『樹』並古今字也。」茲據改。

勸勵勸勵，謂勸勵取用賢相意也。

諷諫一首四言并序〔40〕　**韋孟**韋孟，彭城人，漢玄成五世祖。

　　孟為元王傅，元王，漢高祖弟，名文由，謚曰元。於《謚法》：
始建都國曰元〔41〕。謂初都彭城。傅子夷王，元王次子，名郢客，享
国〔四〕年〔42〕，謚曰夷。《謚法》云：靜民安眾曰夷。及孫王戊，
戊，郢客之子名，無謚。所以無者，戊与七国連反，所以不謚也。戊
荒淫不遵道，作詩諷諫曰：

　　肅肅我祖，肅肅，敬也。國自豕韋。應劭曰：在商為豕韋氏
也。豕韋，殷家諸侯霸者也，東郡韋成孫是其封〔43〕。事出《左傳》。
黼衣朱黻〔44〕，黼，畫斧形。兩己相背曰黻也。四牡龍斾。言駕四
馬，旗上畫龍頭。諸侯得交龍為斾。彤弓斯征〔45〕，彤，赤也。霸主
夫（天）子賜弓矢，以專征伐。撫寧遐荒。撫，安。捴齊群邦〔46〕，
以翼大商。大商，殷也。迭彼大彭，應劭曰：《國語》：大彭、豕韋
為商伯。大彭亦殷之霸國，与豕韋迭霸，亦彭城縣是其封也。事出《春

秋》。勳績惟光。至乎有周[47]，言与殷家不異，遂使我為霸主。歷世會同。為國不絕。王赦聽譖，赦王名誕。劉兆曰：旁言曰譖。窴絕我邦[48]。應劭曰：王赦[49]，週末王，聽讒受譖潤，絕韋氏我也[50]。我邦既絕，厥政斯逸。應劭曰：言絕豕韋之後，政教逸漏，不迪王者也[51]。臣瓚案：逸，放也。《管子》曰：令而不行，謂之放也。言王不用我，故政教逸也。賞爵[52]之行，非繇王室。庶尹群后，庶尹，尹，正。靡扶靡衛。五服崩離，離，散也。崩，隤也。應劭曰：五服，甸服、〔侯服〕、綏〔服〕、要服、荒服[53]。宗周以墜。墜，落。我祖斯微，遷于彭城。在予小子，勤唉厥生。言生時唉唉啼泣，自謂言歎辝。阢此嫚秦，言既此秦家之嫚[54]。嫚与慢同。耒耜斯耕。悠悠嫚秦，上天不寧。以其政譽，更選賢主。乃眷南顧[55]，授漢于京。回首曰眷。於赫有漢，四方是征。於，美也。赫，大也。征，行也。靡適不懷，適，往也。言所適去處皆安寧也。万國攸平。攸，所。乃命厥弟，厥弟，謂元王。建侯于楚。元王封于楚國也。俾我小臣，俾，使也。韋孟自謂。惟傅是輔。傅，師傅也。輔，弼也。矜矜元王[56]，恭儉靜一。惠此黎民，納彼輔弼。韋孟自謂。享國漸世，沒世也。漸世，言將一世。卅年曰世。元王在位廿年，言近一世。垂烈于後。迺及夷王[57]，名郢客者。剋奉厥緒[58]。剋，能。資命不永[59]，維王統祀[60]。維王，謂戊[61]。左右陪臣，斯惟皇士。陪，重也。皇，美。如何我王，不思守保？不惟履氷[62]，以繼祖考。繼，紹繼也。邦事是廢，逸遊[63]是娛。邦事，国事。逸，過。娛，樂。犬馬悠悠，是放是駈[64]。言用犬馬以獵也。務此鳥獸，謂獵。忽此稼苗。言輕国事。蒸民以匱，言百姓乏困也。匱，乏也。我王以愉[65]。言王即以此為樂。所弘匪德，言王所弘者皆非其德。所親匪俊。俊，謂俊乂之士。唯囿是

恢，圉，菀圉也。恢，大也。惟諛是信〔66〕。言王信用諛諂之人。
諛，讒諛也。《莊子》曰：諛不擇是非而言。腧腧〔67〕諂夫，如淳曰：
腧腧，自媚狼。諤諤黃髮。張揖《字詁》云：諤諤，語聲。正直之
兒。黃髮，言老者。如何我王，曾不是察？言何不察此二人之年。
既藐下臣，追欲從逸〔68〕。《廣疋》〔69〕：藐，小也。逸，愈逸也。應
劭曰：藐，遠也。言疏遠忠賢之輔，追情慾，從逸遊也。臣瓚案：
藐，陵藐也。嫚彼〔70〕顯祖，輕此削黜。嗟嗟我王〔71〕，嫚，怠也。
顯祖，謂祖〔72〕也。黜，却七縣城也。王，謂戊也。漢之睦親。高祖
之弟封于楚。曾不夙夜，以休令聞。穆穆天子，臨照〔73〕下土。
明明群司，執憲靡顧。征綏由近〔74〕，殆其怙茲〔75〕。為恃於此親，
故放縱也。怙，恃。嗟嗟我王，曷不斯思？匪思〔匪〕〔76〕監，嗣
其罔則。罔，無。則，法。弥弥其逸〔77〕，炭炭其國。應劭曰：弥
弥，由稍稍也〔78〕。罪過茲甚也。炭炭，欲毀壞意也。鄧曰〔79〕：炭，相
調炭之炭。致冰匪霜，致墜匪嫚。由於嫚也。言墜失宗廟者可不由
怠嫚也。瞻惟我王，昔靡不練〔80〕。興國救顛，言王不可不練知〔81〕
前昔王之用賢臣以興國救顛危者。言有顛危者即須救濟也。孰違悔
過。追思黃髮，秦繆以霸〔82〕。孰，誰也。言誰連悔過之事〔83〕，言
有過即須改悔也。黃髮，謂蹇叔。此秦穆公過之言〔84〕，後卒霸西戎。
歲月其徂，徂，往也。追思，思法當須及時。年其逮耆〔85〕。遷轉也
〔86〕。耆，老也。於昔君子〔87〕，庶顯于後。我王如何，曾不斯覽？
黃髮不近，胡不時監〔88〕？

【校記】

〔40〕 諷諫一首四言并序　胡刻本「四言并序」為小字注，合於《文
選》體例。

〔41〕 於謚法始建都國曰元　羅國威云：「《汲冢周書・謚法》：『始建國都曰元。』敦煌本『都國』二字誤倒。」

〔42〕 享国四年殂　底卷原無「四」字。《漢書・楚元王傳》載夷王「立四年薨」[33]，底卷蓋因「国」「四」二字形近而致脱訛，茲徑補。「国」為「國」之俗字，說見《敦煌俗字研究》[34]。

〔43〕 東郡韋成孫是其封　羅國威云：「《左傳》襄公二十四年：『在商為豕韋氏。』杜預注：『豕韋，國名，東郡白馬縣東南有韋城。』」按下文「迭彼大彭」注云「亦彭城縣是其封也」，即承此而云「亦」，底卷「成」疑為「城」之壞字，「孫」「縣」因草書形近而訛。唯「韋城」非縣名也。

〔44〕 顈衣朱黻　胡刻本「顈」作「黼」，注同。羅國威云：「敦煌本『顈』乃『黼』之訛。」按「顈」當是「黼」之形訛字，《干祿字書・上聲》：「黼黼，上俗下正。」[35]

〔45〕 肜弓斯征　胡刻本「肜」作「彤」，注同。羅國威云：「『肜』與『彤』通。」李梅《敦煌吐魯番寫本〈文選〉研究》（以下簡稱「李梅」）駁之云：「羅說誤。《說文》：『彤，丹飾也。從丹，從彡。』段注：『以丹拂拭而塗之，故從丹、彡。』『彤』義為用紅色塗飾器物。『肜』是商代祭祀的名稱。此處敦煌本『肜』與『彤』音形俱近而致誤，非為二字相通。」[36]劉明說略同。

〔46〕 捴齊群邦　胡刻本作「揔齊羣邦」。羅國威云：「敦煌本『總』用別體。『邦』乃『邦』之別體。」按「捴」「揔」皆「總」之

33　《漢書》第 7 冊，第 1923 頁。

34　張涌泉《敦煌俗字研究》（第二版），第 398 頁。

35　施安昌《顏真卿書干祿字書》，第 37 頁。

36　浙江大學 2003 年碩士學位論文，第 10 頁。

俗字，說見《敦煌俗字研究》[37]。「邦」「邦」隸變之異。下凡「邦」字同。「羣」「群」古異體字。下凡「群」「羣」之別不復出校。

〔47〕 至乎有周　胡刻本「乎」作「于」。「于」「乎」二字古多通用。

〔48〕 竄絕我邦　胡刻本「竄」作「寔」。羅國威云：「『竄』乃『寔』之別體。」按《龍龕手鏡》穴部入聲：「竄，俗，常力反，正作寔。實也，是也。」[38]下凡「竄」字同。

〔49〕 赦　底卷原作「赦」，羅國威云：「敦煌本『赦』訛『赦』。」茲據正文改正。

〔50〕 聽讒受譖潤絕韋氏我也　羅國威云：「今本《漢書（韋賢傳）》注引應劭說作『聽讒受譖，絕豕韋氏也』，敦煌本『絕』下脫『豕』字，《漢書》注引無『潤』『我』。」按胡刻本《文選》載應劭注正作「聽讒受譖潤」，合於底卷，傳本《漢書》當脫「潤」字。底卷「我」蓋「豕」之形訛字，又誤倒在「韋氏」之下。

〔51〕 不迪王者也　羅國威云：「今本《漢書》注引『迪』作『由』。案：《尚書·多方》云：『不克終日勸于帝之迪。』《釋文》：『馬本作攸，云所也。』是『迪』與『攸』同聲通假也。而『攸』與『由』同音，是『迪』與『由』同音通假也。」劉明云：「『迪』當為『由』之訛。」按《楚辭·九章·懷沙》「易初本迪兮」舊注云：「《史記》迪作由。」[39]《說文·辵部》：「迪，道也。從辵，由聲。」二字假借，不必輾轉求證。考王國維《釋由上》云：「余意『迪』『迪』本是一字。古卣、由同音同義，故卣或從由作迪

37　張涌泉《敦煌俗字研究》（第二版），第779頁。

38　釋行均《龍龕手鏡》，第510頁。

39　洪興祖《楚辭補注》，第142頁。

，轉譌為『迪』，亦猶『𡆖』之譌為『逌』也。」[40] 又王引之《經傳釋詞》卷六「迪」條黃侃批語云：「『迪』即『由』也。本字作『𡆖』。」[41]「𡆖」「𡆖」隸變之異，《說文》作「𡆖」；「𡆖」「卣」則一字之繁簡體，金文作「𡆖」「𡆖」[42]。《說文·乃部》：「𡆖，气行皃。从乃，聲，讀若攸。」古音猶存。然則據王、黃二氏之說，底卷「迪」未必為一時筆誤也。

〔52〕　罸　胡刻本作「罰」。《五經文字·罒部》：「罰罸，上《說文》，下《石經》，五經多用上字。」[43]

〔53〕　五服甸服侯服綏服要服荒服　底卷原作「五服甸服綏要服荒服」，羅國威云：「敦煌本此引《漢書音義》舊注有脫漏，今本《漢書》注引應劭說作『五服，謂甸服、侯服、綏服、要服、荒服也』。」茲據補「侯服」二字及「綏」下「服」字。

〔54〕　言既此秦家之嫚　「此」上疑脫一「遭」字，《漢書·韋賢傳》顏師古注云：「言遭秦暴嫚。」[44]

〔55〕　顧　胡刻本作「顧」。「顧」為「顧」之俗字，說見《玉篇·頁部》[45]。下凡「顧」字同。

〔56〕　矜矜元王　胡刻本「矜」作「矜」。古籍凡「矜」字皆「矜」之訛，說詳《說文·矛部》「矜」篆段玉裁注[46]。下凡「矜」字同。

40　王國維《觀堂集林》，第 276-277 頁。

41　王引之《經傳釋詞》，第 135 頁。

42　參見李圃主編《古文字詁林》第 5 冊，第 26 頁。

43　《叢書集成初編》本，第 18 頁。

44　《漢書》第 10 冊，第 3102 頁。以下凡引《漢書·韋賢傳》所載《諷諫》詩及顏師古注，不復一一出注。

45　《宋本玉篇》，第 75 頁。

46　段玉裁《說文解字注》，第 720 頁。

〔57〕 廼及夷王 胡刻本「廼」作「廼」。《說文》作「卣」，「廼」「廼」隸變之異。

〔58〕 剋奉厥緒 胡刻本「剋」作「克」。羅國威云：「五臣本、明州本作『尅』。『尅』乃『剋』之別體，而『克』與『剋』同。」按《說文·克部》「克」篆段注云：「俗作剋。」[47]

〔59〕 資命不永 胡刻本「資」作「咨」。羅國威云：「作『咨』是，敦煌本訛。《漢書》注：『師古曰：咨，嗟也。』」按「資」為「咨」之假借字，例見高亨《古字通假會典》[48]。

〔60〕 維王統祀 胡刻本「維」作「惟」。羅國威云：「《漢書》作『唯』。『維』『唯』『惟』聲同而義通也。」

〔61〕 維王謂戊 「戊」字底卷原作「成」，羅國威云：「敦煌本『成』乃『戊』之訛。」茲據改。

〔62〕 氷 胡刻本作「冰」。「氷」為「冰」之俗字，《干祿字書·平聲》：「氷冰，上通下正。」[49]下凡「氷」字同。

〔63〕 遊 胡刻本作「游」。「游」「遊」古今字。下凡「遊」「游」之別不復出校。

〔64〕 駈 胡刻本作「驅」。羅國威云：「敦煌本『駈』乃『驅』之別體。」按「駈」為「驅」之俗字，說見《玉篇·馬部》[50]。

〔65〕 媮 胡刻本作「媮」。羅國威引《漢書》顏師古注云：「媮與愉同，樂也。」

〔66〕 惟諓是信 胡刻本「惟」作「唯」。「唯」「惟」二字古通用。

---

47 段玉裁《說文解字注》，第320頁。

48 高亨纂著，董治安整理《古字通假會典》，第583頁。

49 施安昌《顏真卿書干祿字書》，第33頁。

50 《宋本玉篇》，第423頁。

〔67〕腧腧　胡刻本作「瑜瑜」。五臣本、《漢書》並作「瑜瑜」。聯綿詞無定字，作「腧腧」「瑜瑜」均可。

〔68〕追欲從逸　胡刻本「從」作「縱」。羅國威云：「《漢書》注：『從讀曰縱。』是『從』與『縱』通。」按「從」「縱」古今字。

〔69〕廣疋　羅國威云：「敦煌本『雅』字用別體。」按《說文·疋部》：「疋，足也。古文以為《詩·大雅》字。」段注云：「『雅』各本作『疋』，誤。此謂古文叚借『疋』為『雅』字，古音同在五部也。」[51]

〔70〕彼　底卷原誤作「被（被）」，茲據胡刻本改正。

〔71〕嗟嗟我王　胡刻本此句提行，則《諷諫》詩誤成兩首。胡克家《文選考異》云：「袁本、茶陵本不提行，是也。」

〔72〕廇　羅國威錄文作「庿」，云：「敦煌本『庿』乃『廟』之別體。」按《說文》以「庿」為「廟」之古文，「廇」即「庿」之增筆字。

〔73〕臨照　胡刻本作「照臨」。「臨照」二字六臣本同，不出李善、五臣異同，蓋所見李善注本亦作「臨照」。《漢書》作「臨爾」，亦「臨」字在上。考李善注引《毛詩》云「明明上天，照臨下土」，胡刻本「照臨」蓋據注文乙改。

〔74〕征遐由近　胡刻本「征」作「正」。李梅云：「似以寫本為是。」按李善注云：「言欲正遠人，先從近親始。」《漢書》顏師古注同。此詩當作「正」，「征」為假借字。

〔75〕怙茲　胡刻本作「茲怙」。胡克家《文選考異》云：「袁本云『善作茲怙』，茶陵本云『五臣作怙茲』。案：各本所見皆非也，此但傳寫誤倒，非善獨作『茲怙』。何云：當從《漢書》作『怙

51　段玉裁《說文解字注》，第84頁。

茲』，於韻乃愜。陳同。」狩野直喜說同。

〔76〕　匪　底卷原脫，茲據胡刻本補。

〔77〕　弥弥其逸　胡刻本「弥」作「彌」。羅國威云：「敦煌本『弥』乃俗體。」

〔78〕　弥弥由稍稍也　胡刻本載應劭注「由」作「猶」。「由」「猶」古多通用。下文張華《勵志詩》「未技之妙，動物應心」底卷注云「言射技末由能如此，況學問焉」，其例正同。

〔79〕　鄧日　劉明云：「『鄧』後當脫漏『展』字。」

〔80〕　昔靡不練　胡刻本「昔」作「時」。狩野直喜云：「李善注本、五臣注本『昔』均作『時』，善注：『時，是也。』此書作『昔』，與《漢書》本傳合。顏師古注日：『言往昔之事皆在王心，無所不閱也。』此書注其義略同。」按《說文·日部》：「時，四時也。從日，寺聲。旹，古文時從之、日。」此蓋「昔」字涉「旹」而訛作「時」。

〔81〕　言王不可不練知　「王不」二字底卷原作「不王」，羅國威云：「『不王』二字按正常詞序當作『王不』，此乃倒置，句法與下篇張茂先《勵志》詩『雖勞朴斲，終負素質』句注『不如彫飾』同。」按底卷「不王」乃誤倒，茲徑乙正。

〔82〕　覇　胡刻本作「霸」。「覇」為「霸」之俗字，考詳《敦煌俗字研究》[52]。下凡「覇」字同。

〔83〕　言誰連悔過之事　羅國威云：「『連』當是『違』字之訛。」

〔84〕　此秦穆公過之言　羅國威云：「『公』下當脫一『悔』字。」

〔85〕　年其逮耇　胡刻本「逮」作「逮」，「耇」作「耇」。「逮」為「逮」

52　張涌泉《敦煌俗字研究》（第二版），第851頁。

之俗字。《說文・老部》:「耇,老人面凍黎若垢。从老省,句聲。」底卷「耆」從「老」不省,即「耇」之異體字。下凡「耆」字同。

〔86〕逮轉也　羅國威云:「『遷』上當脫一『逮』字,當作『逮,遷轉也』。」

〔87〕於昔君子　胡刻本「昔」作「赫」。胡克家《文選考異》云:「『赫』當作『昔』。此善作『昔』、五臣作『赫』,故善注云『歎美昔之君子』,袁本、茶陵本所載五臣翰注云『於赫,美也』。各本皆以五臣亂善,所當訂正。考《漢書》作『昔』,五臣誤耳。」李梅引王念孫《讀書雜誌・餘編下》云:「『昝』字俗書作『昔』,『赫』字俗書作『丼』,二形相近,故『昝』誤為『赫』。『於赫,美也』,古亦無此訓。」

〔88〕胡不時監　胡刻本「監」作「鑒」。「監」字《漢書》同,五臣本作「鑒」;此詩上文「匪思匪監」之「監」《漢書》亦作「鑒」,顏師古注云:「不思鑒戒之義。」考《說文・臥部》:「監,臨下也。」金部:「鑑,大盆也。」「鑒」「鑑」偏旁易位字。「鑑」篆段玉裁注云:「鑑亦叚監為之。是以《毛詩》『宜鑒於殷』,《大學》作『儀監』。鄭箋《詩》云『以殷王賢愚為鏡』,注《大學》云『監視殷時之事』,各依文為說而已。」[53] 此詩「鑒」為本字,「監」為假借字。

勵志詩一首四言[89]《廣疋》:勵,勸。
張茂先[90]此詩茂先自勵勸勤學。

53　段玉裁《說文解字注》,第 703-704 頁。

大儀斡運，天迴地遊。大儀，天地也。斡，轉也。言天左迴，地右遊轉也。皆出《白虎通》。地亦遊徙。按《考靈曜》稱：地有四遊：冬至，地上行北而西三万里；夏至，地下行南而東又三万里；春秋二分，是其中矣。地恒移動而人不知，譬如閉舟而行，不覺舟之運也。四氣鱗次，寒暑環周。如循環而周轉。星火既夕，星火，謂火星也。二月昏見東方。忽焉素秋。向秋万物皆白，故素秋也。涼風振落，言寒也。《詩》云：北風其涼。熠燿霄流〔91〕。熠燿，熒火也。流，飛也。其按呂忱《字林》〔92〕曰：一一其詞也。此即謂其詞一、其詞二，數次之始也。吉士思秋，吉士，善士。《詩》注云：秋士悲，春女思〔93〕。寔感物化。寔，是也。感時物秋而彫落變化。日與月與，而，与。荏苒代謝。荏苒，儵忽間謝往也。言四時代往也。逝者如斯，曾無日夜。嗟尒庶士〔94〕，胡寧自舍〔95〕？尒之眾士，何得寧日舍不學。仁道不遐，遐，遠也。仁道不遠，但學即得。德輶如羽。求焉斯至，輶，輕也。能求學即得。言求即至，求而得仁。眾鮮克舉。大猷玄漠，猷，道也。玄，謂幽玄也。將抽厥緒。先民有作，先民，謂周公、孔子之典藉（籍）之作。貽我高矩〔96〕。貽，遺也。矩，法也。即謂典藉（籍）之法。雖有淑姿，有善之姿質。放心縱逸。出般于遊〔97〕，居多暇日〔98〕。居家不學，即有於暇日。如彼梓材，《周礼》有梓人職。言學成功，如杍人治材為器〔99〕。弗勤丹柒〔100〕。雖勞朴斲〔101〕，終負素質〔102〕。既不以丹柒塗飾，假使朴（斲）有奇，終不免負素之質。其木雖美，不如彫飾，猶人不學亦如此。養由矯矢，獸號于林。按《淮南子》稱：楚恭王遊林中，有白猨（猨）緣木而喜。王使左右射之，猨騰躍避矢，不能中也。於是養由基撫矢而眣猨，猨乃抱木而長號。何者？誠在於心而精通於猨。蒲盧縈繳，神感飛禽。按江（邃）《文釋》〔103〕：蒲盧一名蒲且，楚人也，善弋射，

著《弋射書》四篇。《汲冢記》云：有雙鳧飛而過於庭，捕且弋一鳧而中之，餘一鳧雖離弋，亦隨而自下焉。《幽通賦》曰：精通靈而感物，神動氣以入微。此之謂也。或為淳于越。此言者言由至心，言學亦如此。末枝之妙[104]，動物應心。言射技末由能如此，況學問焉？研精妚道[105]，安有幽深[106]？謂深心也。安心恬蕩[107]，棲志浮雲。言安定其心。恬，靜。却其蕩逸也。浮雲，取高遠意。體之以質，文章兒也。彪之以文。以文德彪畫其身。如彼東畝[108]，力耒既勤。言如彼東畝之田，須耕墾種殖。顏監曰：耒，牛耕曲木。薅蓘致功，薅，除草也。蓘（蓘），壅苗本。必有豐殷[109]。言人亦如此也。言如此方可殷豐。言學問亦須勤勞，方始得成。水積成淵[110]，載瀾載清。大波曰瀾。言多則清。載，則。土積成山，歊蒸鬱冥。歊，氣邑雲上兒。《孫卿子》曰：積水成淵，吞舟之魚生焉；積土為山，豫章之木出焉。又按《尸子・勸學》稱：土積成丘，則柟梓豫章出焉；水積成川，則吞舟之魚生焉。夫學之積也，亦有出也[111]。亦出江邃（邃）《文釋》。山不讓塵，淵不辝盈[112]。勉尔含弘，以隆德聲[113]。言辝皆受也，亦如山海不辝高深，既如此成大。高以下基，曰下而得其高。洪由纖起。纖，細也。《老子》云：高以下為基。洪，大也。言成人之體乃猶始學之時，皆由初。万物皆然，非猶（獨）學。川廣自源，成人在始。《國語》曰：韓獻子見趙武初冠，曰：成人在始之哉！敬之哉！累微以著，積小成高大。乃物之理。緪牽之長，今雖小惡，亦能累行。實累千里[114]。按《戰國策[115]》稱：段干越謂韓相新成君曰：昔王良弟子馬千里之馬，而京父謂曰：馬非千里之馬也。王良弟子曰：馬取千里而子云非，何也？京父曰：子墨牽長。夫墨牽於事，万分之一也，而累千里之行。今臣雖不肖，背於秦亦万分之一也，願君留意焉。復礼[116]終朝，天下歸仁。孔

子言：一日復礼，則天下歸仁焉。若金受礪，若泥在鈞。喻人學問。鈞，陶家輪。進德脩業，又能日進其德，日脩其業。暉光日新。《易》云：君子脩詞以近（進）德。言光暉日新其德。隰朋仰慕，予亦何人〔117〕？《史記》云：隰朋，齊大夫，慕管仲德，曰：吾知管仲之德矣，隰朋恥不如皇（黃）帝。言慕德高也。今我何人，而不及之。

【校記】

〔89〕 勵志詩一首四言　胡刻本無「詩」字，五臣本則與底卷相合。胡刻本「四言」為小字注，合於《文選》體例。

〔90〕 張茂先　作者名　胡刻本不提行，徑列於篇題「勵志一首」之下，與底卷前後諸詩格式相同，當是《文選》原貌；底卷蓋因詩題下出注而提行。

〔91〕 熠燿霄流　胡刻本「霄」作「宵」。羅國威云：「『霄』與『宵』通。」按五臣本作「宵」，呂向注云：「宵流，謂夜飛。」考《說文・雨部》：「霄，雨霰為霄。」宀部：「宵，夜也。」是「宵」本字，「霄」假借字。唯二字古多混用，故《干祿字書》特意加以區別，云：「宵霄，上夜，下雲霄。」[54] 又此句下胡刻本小字注「其一」。羅國威云：「敦煌本正文『流』字下當有注『一』或『其一』二字，乃詩歌分節之次第。此引《字林》釋『一』，即釋『一』或『其一』也，否則此釋文無所附麗矣。」

〔92〕 呂忱字林　「忱」字底卷原作「忼」，羅國威云：「《字林》七卷，晉弦林呂忱撰。敦煌本作『呂忼』，『忼』字疑誤。」按「忼」

54　施安昌《顏真卿書干祿字書》，第 26-27 頁。

即「忱」之俗訛字，茲徑改。

〔93〕詩注云秋士悲春女思　「詩」字底卷原作「謂」。《毛詩·豳風·
　　　七月》「春日遲遲，采蘩祁祁。女心傷悲，殆及公子同歸」毛傳
　　　云：「春女悲，秋士悲，感其物化也。」[55] 即底卷此注之所本，
　　　「謂」為「詩」之形訛字，茲徑改正。

〔94〕嗟尒庶士　胡刻本「尒」作「爾」。羅國威云：「『尒』乃『爾』
　　　之俗體。」參見校記〔4〕。

〔95〕此句下　胡刻本小字注「其二」。參見校記〔91〕。

〔96〕此句下　胡刻本小字注「其三」。參見校記〔91〕。

〔97〕出般于遊　胡刻本「出」作「田」。胡克家《文選考異》云：「袁
　　　本、茶陵本『田』作『出』，何校依之改，陳同。案：此尤本譌
　　　耳。」狩野直喜云：「李善注本『出』作『田』（據胡刻《文選》），
　　　蓋字之誤也。」羅國威云：「作『田』是。《尚書·無逸》：『文
　　　王不敢盤于游田。』此句即『盤于游田』之意。」按羅說非也，
　　　「盤于游田」不可倒裝為「田盤于游」。此詩「出」與下句「居
　　　多暇日」之「居」反義對文，「田」字非是。

〔98〕居多暇日　胡刻本「暇」作「暇」。《廣韻·禡韻》：「暇，閑也。
　　　俗作暇。」[56]

〔99〕如杍人治材為器　羅國威云：「敦煌本『杍』乃『梓』之俗體。」
　　　按《說文·木部》：「李，李果也。从木，子聲。杍，古文。」
　　　段注云：「《尚書音義》：『梓材，音子，本亦作杍。馬云：古作
　　　杍字。治木器曰梓。』正義曰：『此古杍字，今文作梓。』按：

55　《十三經注疏》，第389頁。

56　《宋本廣韻》，第402頁。

正義本經作『杍』，《音義》本經作『梓』。據二家說，蓋壁中古文作『杍』，而馬季長易為梓匠之『梓』也。如馬說，是壁中文假借『杍』為梓匠字也。」[57]

〔100〕弗勤丹桼　胡刻本「桼」作「漆」。羅國威云：「『桼』乃別體。」按《干祿字書・入聲》：「桼漆，上俗下正。」[58]

〔101〕斲　胡刻本作「斵」。羅國威云：「『斲』乃別體。」按「斲」為「斵」之俗字，說見《敦煌俗字研究》[59]。

〔102〕此句下胡刻本小字注「其四」。參見校記〔91〕。

〔103〕江邃文釋　底卷原無「文」字，羅國威云：「『釋』上當脫一『文』字。」按此詩下文「土積成山，歊蒸鬱冥」注云「亦出江邃《文釋》」，所謂「亦」者，正承此注而言，茲據補一「文」字。

〔104〕末枝之妙　胡刻本「枝」作「伎」。羅國威云：「敦煌本『枝』當作『技』，此乃敦煌本從手、從木之字常相混之又一例。」按《說文・手部》：「技，巧也。」人部：「伎，與也。」是「技」本字，「伎」假借字。「伎」篆段注云：「俗用為『技巧』之技。」[60]

〔105〕研精妉道　胡刻本「妉」作「躭」。羅國威云：「『妉』與『耽』通。」按「躭」為「耽」之俗字，說見《玉篇・身部》[61]。「耽」為「媅」之假借字，「妉」則「媅」之後出俗字。

57　段玉裁《說文解字注》，第239頁。按「本亦作杍」之「杍」原誤作「梓」，茲據陸德明《經典釋文》改正（第47頁）。

58　施安昌《顏真卿書干祿字書》，第59頁。

59　張涌泉《敦煌俗字研究》（第二版），第572-573頁。

60　段玉裁《說文解字注》，第379頁。

61　《宋本玉篇》，第62頁。

〔106〕　此句下胡刻本小字注「其五」。參見校記〔91〕。

〔107〕　安心恬蕩　底卷此句提行抄寫，與《勵志詩》篇題下注云「一首」者不合，提行非也，茲據胡刻本之格式。

〔108〕　如彼東畝　胡刻本「東」作「南」。

〔109〕　此句下胡刻本小字注「其六」。參見校記〔91〕。

〔110〕　水積成渊　底卷此句提行抄寫，格式不當，參見校記〔107〕。胡刻本「渊」作「淵」。「渊」「渊」手寫之變，皆「淵」之俗字，參見《敦煌俗字研究》[62]。

〔111〕　亦有出也　羅國威云：「今本《尸子》『出』作『所生』。」按李善亦引《尸子》為注，胡刻本作「亦有所出也」，「出」字合於底卷。

〔112〕　渊不辭盈　胡刻本「渊」作「川」。此句「（渊）淵」與上句「山」分承上文「水積成淵」「土積成山」，「淵」字是也。而「水積成淵」之「淵」字五臣本作「川」，則上下文自相照應，非如胡刻本之前後歧互也。

〔113〕　此句下胡刻本小字注「其七」，參見校記〔91〕。

〔114〕　此句下胡刻本小字注「其八」，參見校記〔91〕。

〔115〕　戰國策　「策」字底卷原誤作「築」，羅國威錄文作「策」，云：「敦煌本『筞』乃『策』之別體。」茲徑改為「策」。

〔116〕　礼　胡刻本作「禮」。羅國威云：「敦煌本『礼』字用俗體。」按「礼」字《說文》以為古文「禮」，敦煌吐魯番寫本多用「礼」，後世刊本則多改作「禮」。下凡「礼」字同。

〔117〕　此句下胡刻本小字注「其九」，參見校記〔91〕。又胡刻本此詩

62　張涌泉《敦煌俗字研究》（第二版），第540頁。

　　後有尾題「文選卷第十九」，蓋李善分蕭統《文選》一卷為二，李注本卷第十九相當於蕭《選》卷第十前半卷。底卷此處未分卷，或尚依蕭統三十卷本舊式也。

獻詩獻天子之詩。

上責躬應詔詩表　曹子建曹子建名植[118]。武帝時，依銅雀臺詩[119]，門司馬門禁[120]。于時御史大夫中謁者灌均奏之，遂不在後。文帝即位，念其舊事，乃封臨淄[121]侯，又為鄄城侯，唯与老臣廿許人。後太后適追之入朝，至開，乃將單馬輕向清河公主家求見。帝使人逆之，不得，恐其自死。後至，帝置之西館，未許之朝，故遣獻此詩。太后謂皇后、清河公主遣之。

　　臣植言：臣自抱釁歸藩，釁，罪也。按杜預《左氏傳注》云：釁，瑕也。歸蕃，謂為臨淄侯也。刻肌刻骨，追思罪戾，肌，宍也。戾，惡也。晝分而食，夜分而寢[122]。晝分而日午也。夜分，夜半。誠以天罔不可重離[123]，聖恩難可再恃，罔，法網也。離，遭也。竊感《相鼠》之篇無礼遄死之義，《詩篇》之相鼠有禮[124]，人而無礼，人而無礼，胡不遄死。形影相弔，五情愧赧。按《說文》曰：赧，面慙。從赤，皮聲。五情：喜怒哀樂怨也。以罪弃[125]生，則違古賢夕改之勸；出《大戴礼》：朝過夕改，君子与之。忍垢苟全，則犯詩人胡顏之譏[126]。伏惟陛下，應劭曰：陛下者，升堂之階。王者必有執兵陳於階陛之側，群臣与至尊言，不敢指斥，故呼在陛者而告之，因卑以達尊之意也。若今稱殿下、閣下、侍者、執事，皆此類也。德像天地[127]，像，似也。天〔地〕[128]，謂天無私復，地無私載。恩隆父母，隆，盛。施暢春風，澤如時雨。是以不別荊

棘者，自喻於賤木。慶雲之惠也；五色雲能降甘澤，似煙非煙，藹藹氛氛，是曰慶雲。七子均養者，尸鳩之仁也[129]；尸鳩，鶝鴿兒也。言均調而養，從小至大。《詩》云：尸鳩在桑，其子七兮。毛傳曰：尸鳩之慈，朝從下上，暮從上下。舍罪責功者，明君之舉也；責，取也。捨罪戾，責收其功勛也。矜愚愛能者，慈父之恩也。言慈父怜[130]愚者，見其愚故怜，有賢者亦愛之以賢也。《文子》語也。是以愚臣低佪於恩澤[131]，而不敢自弃者也。自弃，謂死。前奉詔書，臣等絕朝，言与朝會永絕。心離志絕，自分黃耇，黃者，黃髮，髮落更生黃者。耇者，耆也。皆壽考者之通稱也。永無執珪之望。不晜聖詔猥垂齒召，齒，錄。至止之日，言使至[132]□□▨（馳）心輦轂[133]。謂天子[134]▨▨▨

（後缺）

【校記】

〔118〕曹子建名植　底卷此句提行，未逕接於作者名「曹子建」之下，茲據底卷體例改。

〔119〕依銅雀臺詩　劉明云：「『詩』前恐有脫漏。」

〔120〕門司馬門禁　羅國威云：「《魏志》作『植嘗乘車行馳道中，開司馬門出』，敦煌本『門司馬門禁』當作『開司馬門禁』，『開』訛『門』。」

〔121〕乃封臨淄侯　「淄」字底卷原作「澝」，《干祿字書・平聲》：「澝，上俗下正。」[63]「澝」為「澝」之變體，茲逕錄作「淄」。下凡「淄」字同。

63　施安昌《顏真卿書干祿字書》，第17頁。

〔122〕 夜分而寑　「寑」字底卷原作「潰」，為「寑」之訛俗字，茲
徑錄作「寑」；胡刻本作「寢」。「寑」正字，「寢」隸變字。

〔123〕 誠以天罔不可重離　胡刻本「罔」作「網」，「離」作「罹」。
羅國威云：「《魏志》作『罔』，『網』與『罔』通。『離』與『罹』
通。」按「網」為「罔」之後起增旁分化字。「離」字《三國志·
魏書·陳思王傳》同[64]。《說文·隹部》：「離，離黃，倉庚
也。」為鳥名，附著義之「離」實為「麗」之通行假借字，朱
駿聲《說文通訓定聲》「離」字注云：「叚借為麗。《易·序卦
傳》：『離者，麗也。』《否》『疇離祉』，九家注：『附也。』」[65]
「罹」則「羅」之俗字，說見《說文·网部》「羅」篆段玉裁
注[66]，此為「離」之假借字。

〔124〕 詩篇之相鼠有禮　「之」疑「云」字形訛。底卷凡「禮」字概
作「礼」，唯此作「禮」，蓋本作「體」字，與《詩·鄘風·相
鼠》原文相同。

〔125〕 弃　胡刻本作「棄」。羅國威云：「『弃』乃『棄』之俗體。」
按「弃」《說文》以為古文「棄」字，唐代因避太宗李世民的
嫌諱，多從古文作「弃」，說詳《敦煌俗字研究》[67]。下凡「弃」
字同。

〔126〕 胡顏之譏　「譏」字底卷原作「誡」，羅國威云：「作『譏』是，
敦煌本訛。」茲據胡刻本改正，五臣本、《三國志》亦並作

---

64 《三國志》第 2 冊，第 562 頁。以下凡引《三國志》所載《上責躬應詔詩表》，不復
一一出注。

65 朱駿聲《說文通訓定聲》，第 508 頁。

66 段玉裁《說文解字注》，第 356 頁。

67 張涌泉《敦煌俗字研究》（第二版），第 480 頁。

「譏」。

〔127〕 德像天地　胡刻本「像」作「象」。羅國威云：「『象』與『像』
　　　　通。」按「象」「像」古今字。

〔128〕 天地　底卷原無「地」字，羅國威云：「『天』下疑脫一
　　　　『地』。」茲據補。

〔129〕 尸鳩之仁也　胡刻本「尸」作「鳲」。「尸」字《三國志》同，
　　　　「鳲」為「尸鳩」之「尸」的後起增旁字。

〔130〕 怜　羅國威云：「敦煌本『憐』字用俗體。」按說見《干祿字
　　　　書·平聲》[68]。

〔131〕 是以愚臣低個於恩澤　胡刻本「低個」作「徘徊」。按《楚辭·
　　　　九歌·東君》：「長太息兮將上，心低個兮顧懷。」王逸注云：
　　　　「言日將去扶桑，上而升天，則俳個太息，顧念其居也。」[69]以
　　　　「俳個（徘徊）」注釋「低個」。

〔132〕 「言使至」三字底卷為雙行小注右行，左行殘泐，未審為兩字
　　　　或三字。

〔133〕 馳心輦轂　「馳」字底卷殘損左端少許筆畫，茲據胡刻本校
　　　　補。

〔134〕 「謂天子」三字底卷為雙行小注右行，左行三字皆僅存右端少
　　　　許筆畫，似為「之輦轂」之殘。

68　施安昌《顏真卿書干祿字書》，第24-25頁。
69　洪興祖《楚辭補注》，第74頁。

與嵇茂齊書——難蜀父老

【題解】

　　底卷編號為津藝 107（底一）＋永青本（底二）。

　　底一藏天津市藝術博物館，《津藝》著錄云：「唐朝寫卷。薄白麻紙，十紙，每紙二十二行，每行十八至二十一字。烏絲欄。楷書，墨色稍淡。卷首尾缺，上下邊沿破。卷首上方有白文方印『周暹』。背為草書《大乘百法明門論開宗義記》。周叔弢舊藏。與李善注、五臣注、日本平安朝寫本集注等均有不同。」

　　底二藏日本東京細川氏永青文庫，一九六五年首次影印刊布（《敦煌本文選注》），末附神田喜一郎《解說》：「薄黃麻紙，十一紙連成之長卷。存二百三十六行，卷首尾缺。無書寫年代。然第一六五行與第一六七行中因避唐太宗諱而『民』字缺末筆，是為唐鈔之明證。以書法考之，係初唐字體，其為唐鈔，殆無疑義。其紙背收有僧曇曠《大乘百法〔明〕門論義記》，其書寫年代稍晚，當是中唐時所鈔。」[1]

1　此據羅國威《敦煌本〈文選注〉箋證》，《前言》第 1 頁。

　　底一所存篇目依次為趙至《與嵇茂齊書》、丘遲《與陳伯之書》、劉峻《重答劉秣陵沼書》、劉歆《移書讓太常博士》、孔稚珪《北山移文》，相當於六十卷本《文選》卷四三末五篇；底二依次為司馬相如《喻巴蜀檄》、陳琳《為袁紹檄豫州》及《檄吳將校部曲文》、鍾會《檄蜀文》、司馬相如《難蜀父老》，相當於卷四四全卷五篇。二寫卷恰從兩紙粘合處斷裂，字體、行款完全一致，內容文字正好前後銜接，羅國威《敦煌本〈文選注〉箋證》考定為一卷之裂 [2]，綴合後共四百五十六行。

　　《北山移文》與《喻巴蜀檄》之間底卷佚名《文選注》未見分卷標識，似尚存蕭統三十卷本之舊。從篇幅來看，也不應如李善注本分蕭《選》一卷為二。不過底卷僅抄《文選》注文而不錄正文，注文連續抄錄而未作篇章劃分，其具體卷數難以斷言。岡村繁《永青文庫藏敦煌本〈文選注〉箋訂》云：「此敦煌本《文選注》，當與李善注一樣，將《文選》原三十卷析為六十卷。」[3]略嫌武斷。

　　底卷文字訛誤甚夥，不堪卒讀，所用多條史料也嚴重不符事實，行文又往往「與中國固有的文章表達語序不同」，岡村繁據此推測云：「大約此注作者是個語言習慣近似於日本語、朝鮮語、滿州語、蒙古語等的西北少數民族的學者。」[4]按底一前半卷用「与」為「而」凡十餘條，如「孔子卅与知天命」（引《論語·為政》，「卅」當作「五十」）、「不復与復」（複舉丘遲《與陳伯之書》「不遠而復」句），二「与」字

2　羅國威《敦煌本〈文選注〉箋證》，《前言》第2頁。

3　王元化主編《學術集林》卷14（繁體字本），第136頁。

4　岡村繁《永青文庫藏敦煌本〈文選注〉箋訂》，王元化主編《學術集林》卷14（繁體字本），第139頁注②。

皆當作「而」[5]。羅常培考定唐五代西北方音「遇攝的魚韻（引者按：
舉平以賅上去）多數混入止攝，比起聲母來格外顯着關係密切」[6]，底
一以「与」為「而」，正與西北方音之特徵相符，或可為岡村繁之說添
一證。

底卷文字、內容雖錯誤百出，但其「書法堪稱純熟」，徐俊《書
評：〈敦煌吐魯番本文選〉、〈敦煌本昭明文選研究〉、〈敦煌本文選注
箋證〉、〈文選版本研究〉》因此「推測此卷只是一件以某個《文選》
注本為母本的單純以練字為目的的書法習作」[7]。按底卷蓋轉抄自草書
寫本，大量訛誤緣於釋讀不確。

至於底卷注文的來源及性質，歷來學者多注重與傳世《文選》各
家注解進行比勘，試圖將其納入某種《文選》注本系統。李梅《敦煌
吐魯番寫本〈文選〉研究》指出，「從注釋條目的異同難以確定各家注
文的傳承關係、時代先後」，並基於底卷「口語化程度較高，語詞的訓
釋、句義的說解多用口語」等特徵，推測「此注的撰作時間或許在李
善、五臣廣為流傳之前，在多家注釋並起尚未有定論的情況下」[8]，可
備一說。

底二有「丹從，濞自被煞處，今閏州」條，為陳琳《檄吳將校部
曲文》「濞之罵言未絕於口，而丹徒之刃以陷其胸」句注（「從」為
「徒」字形訛，「閏」為「潤」之壞字）。景浩《佚名〈文選〉注綜合研
究──以〈敦煌本文選注〉研究為起點》云：「丹徒是縣，潤州是州，

5　羅國威《天津藝術博物館藏敦煌本〈文選注〉箋證》概以「与」為訛字（《敦煌本〈文
　選注〉箋證》，第14、21頁）。

6　羅常培《唐五代西北方音》，第94頁。

7　《敦煌吐魯番研究》第5卷，第376-377頁。

8　浙江大學2003年碩士學位論文，第15頁。

此處作者以州釋縣，稍覺不類。然考《舊唐書·地理志》，……潤州初
置於武德三年、又置於武德七年，兩次均只領丹徒縣。武德八年至九
年又納曲阿、延陵、句容、白下四縣，領縣已變為五，天寶變為六。
則著者所謂之『今』正是武德三年至七年的實際行政區劃。敦本的寫
成也可能就在武德三年至七年之間。」[9] 按李唐一代潤州治所皆在丹徒
縣，故時人往往徑稱丹徒為潤州，不受潤州領縣增多的影響，底二所
釋並無「不類」，更無法據以推定其確切的抄寫時間，景氏之說不可遽
從。

　　羅國威《天津藝術博物館藏敦煌本〈文選注〉箋證》（載《敦煌本
〈文選注〉箋證》，簡稱「羅國威」）、劉明《天津藝術博物館藏敦煌本
〈文選注〉校議》[10]（簡稱「劉明」）都曾對底一作過校錄，岡村繁《永
青文庫藏敦煌本〈文選注〉箋訂》[11]（簡稱「岡村繁」）曾對底二作過
校錄，李梅《敦煌吐魯番寫本〈文選〉研究》[12]（簡稱「李梅」）也有
一些校勘意見。

　　底一據《津藝》錄文，底二據《敦煌本文選注》錄文，以胡刻本
《文選》為校本，校錄於後。由於底卷訛誤極夥，又無傳本可以對勘，
若輕易改字，難逃臆必之譏，故今但依原卷錄文，分段出校，體例不
盡同於其餘諸篇，特此說明。

（前缺）

太守為從事，適遼東海北頭，至不願至不願去，其憂迫不得志，路為

9　《文史》2015 年第 3 輯，第 194 頁。

10　分兩篇刊載於《敦煌學研究》2006 年第 1 期、第 2 期。

11　分兩篇刊載於王元化主編《學術集林》（繁體字本）卷 14、卷 15。

12　浙江大學 2003 年碩士學位論文，第 13-20 頁。

書以遺嵇蕃，論其苦難之事。此皆王隱《晉書》。干寶《晉絕》云：呂安昔為元遜奸其婁，安欲遣其婁，与嵇康言可遣也。選恨之，乃告勁馬文王之安与康謀反。又王不煞之，徙安沙，在路作此書寄康也。後司馬文王見之云喻太山命東覆語之，乃追還，与嵇康俱煞來市。嵇紹《自序》公：人言作書与先君，非也。命王隱是〔1〕。

李史年，老子。周敬王末西入胡。欺事未詳〔2〕。

梁鴻字伯鸞，扶風人也，少否高節。彼北邙兮，意！宮殿省嵬兮，憶！遠適荊蠻兮，憶！顧覽帝京兮，憶！聊扶扶央兮，憶！遂去鄉里，適越，至會稽，隱寄於高伯通家也〔3〕。

薄，迫也〔4〕。

迴飄，遇風塵。侵，匿也〔5〕。

至若桂枝、蘭芷等，自喻。北胡虜之地，非我賢士所處。根萌，言未樹根牙於土地，言不可〔6〕。

夜光，至自謂〔7〕。

橘柚，自謂。玄朔，北。言橘本南方物，北生長之也。言我學問不投之胡虜之地。蕣，裁。藕，水中物，不宜在陵也〔8〕。

裸壤不貴衣，山海之禹入禍國，傾然解裳。《韶》，舜樂。孔曰：《韶》盡美矣。雖取，謂地人別我〔9〕。

《易》之孔子曰：無交与求，則莫命命興興，則傷之者至矣。《辭》公不与人為交友与有所求於人，人則不有物，是為傷之也。此言北虜不求我与往，女為所惡也〔10〕。

前言，謂迴飄、造沙漠等。縣案陌，謂至遼東有偈者戒步〔11〕。

驪，行役之士也。言苦難不可遣也〔12〕。

我顧景、憤氣，思欲龍虎之為志，為大將軍，使我可盡我才思，如工輸子攻宋之定梯，如此則可盡奪取人極食，言在朝食祿公卿，須

如虎。今不然，象意如也〔13〕。

蹴蕎、踰山，俱謂在朝。言我意恕，欲除去之，我安徐佐助國家，卒滌、恢廓也〔14〕。

我与，待。垂翼，謂今之遼東也〔15〕。

鋒鉅，鍔。不加於我，自然擢屈六翮〔16〕。

知命，孔子冊与知天命，命謂七政。又《易》曰：樂天知命与不憂〔17〕。

吾子，謂蕃。芳菀，謂華京及在家〔18〕。

潛龍、遊鳳，謂蔭官驖得天官也〔19〕。

《白駒》詩云：見賢者乘白駒与去。詩人謂之江賢無借金玉之音，与遐遠之心，不与嗣音〔20〕。

璞沉，厚意〔21〕。

【校記】

〔1〕 此為趙至《與嵇茂齊書》作者名之注文。《文選集注》所載《文選鈔》引干寶《晉紀》云：「呂安与（嵇）康相善，安兄巽。安妻美，巽使婦人醉而幸之，醜惡發露，巽病之，反告安謗己。巽善鍾會，有寵於太祖，遂徙安邊郡。安還書與康，太祖惡之，追收下獄，康理之，俱死。」又引《嵇紹集》云：「此書趙景真與從兄嵇茂齊書，時人誤以為仲悌与先君書，故具列其本末。」可與底一相互參看。羅國威云：「『至不願』三字不當複，衍。」又謂「以遣」之「遣」為「遺」之形訛字；「元遜」當作「兄巽」，「選恨之」之「選」亦當作「巽」；二「妻」皆「妻」之形訛字；「勁馬文王之」之「勁」當據下文作「司」，「之」則「云」之形訛字；「徙安沙」下脫一「漠」字。劉明亦云：「『沙

下當脫『漠』字，據正文『涉沙漠』以及（五臣）呂延濟注『沙漠，安所流處』而改。」羅氏又云：「『云喻太山命東覆語之』九字文意不通，蓋『云』字當是『有』字之訛，『喻』字當是『蹢』字之訛，『命』字當是『令』字之訛，『語之』二字誤倒。」趙家棟《敦煌本〈文選注〉字詞考辨》云：「上文說『在路作此書寄康』，此處用『云』當為摘錄書信之文，故用『云』字。」[13] 羅氏又云：「《晉書・嵇康傳》：『康將刑東市。』是康刑於東市，非來市也。『東』與『來』形近，故訛『來』。」又謂「自序公」之「公」為「云」之形訛字；「命王隱是」之「命」當作「今」，與上文「令」訛「命」同例。按「晉絕」當作「晉紀」；「又王不煞之」之「又」疑為「文」之形訛字。

〔2〕　胡刻本有「昔李叟入秦，及關而歎」句。羅國威云：「『史』字當是『叟』字之訛，下衍『年』。」劉明云：「『李史年』當為『李氏耼』之訛，羅校未為確當。」按「史」「叟」形近致訛，羅說是也。「欺」字羅國威錄文作「歎」。劉明云：「『欺』當作『斯』，羅校誤。」按羅氏錄文雖誤，「歎」字合於正文，是也。

〔3〕　胡刻本有「梁生適越，登岳長謠」句，李善注引范曄《後漢書》云：「梁鴻字伯鸞，扶風人也，東出關，過京師，作《五噫之歌》曰：陟彼北邙兮，噫！顧瞻帝京兮，噫！宮室崔嵬兮，噫！人之劬勞兮，噫！遼遼未央兮，噫！肅宗聞而非之，求鴻不得。居齊魯之間，又去適吳。」羅國威謂底一「否」當作「有」；劉明云：「『否』當作『尚』，據《後漢書・梁鴻傳》『家貧而尚節介』句而改，羅校誤。」羅氏謂「彼」上脫「過京師作五噫之歌

13　《寧夏大學學報》（人文社會科學版）第 32 卷第 3 期，第 13-14 頁。

日陟」十字；劉氏則但補一「陟」字。羅氏謂「省」為「崔」之形訛字，「憶」皆「噫」之音訛字；劉氏又謂「意」亦當作「噫」。「聊扶扶」底一原作「聊扶二」，羅國威云：「『聊』與『遼』音近而訛，又誤將該字下之重疊號與下文之『扶』字互乙，而『扶』又是『未』字之訛。」

〔4〕　胡刻本有「日薄西山，則馬首靡託」句。

〔5〕　胡刻本有「或乃迴颷狂厲，白日寢光」句。羅國威云：「《集注》本引《鈔》作『迴飄』，是敦煌本、《鈔》所據之本正文並作『飄』。」按底一下文云「前言，謂迴飄、造沙漠等」，是所據《與嵇茂齊書》作「迴飄」，羅說是也。劉明云：「『侵』通『寢』。」按「侵」蓋「寑」之壞字。「寑」正字，「寢」隸變字。

〔6〕　胡刻本有「至若蘭茝傾頓，桂林移植，根萌未樹，牙淺絃急」句。羅國威云：「『桂枝蘭茝』乃提示正文之縮略語，依正文次序，『蘭茝』在前，『桂枝』在後。『桂枝』，《集注》本、尤刻本、五臣本、明州本、叢刊本、奎章閣本『枝』並作『林』，敦煌本注作『枝』，形近而訛。」劉明云：「敦煌本《文選注》所據《文選》本作『桂枝』『蘭茝』。『茝』同『茝』。」按《晉書·文苑·趙至傳》作「蘭茝」「桂林」。[14]

〔7〕　胡刻本有「投人夜光，鮮不按劍」句。

〔8〕　胡刻本有「今將植橘柚於玄朔，蓺華藕於脩陵」句。羅國威謂底一「攕」為「檅」之形訛字。劉明云：「《龍龕手鑑》有『檅』字，注曰：『音栽，與栽同，種也。』」

14　《晉書》第8冊，第2378頁。以下凡引《晉書》所載《與嵇茂齊書》，不復一一出注。

〔9〕　胡刻本有「表龍章於裸壤，奏《韶》舞於聾俗，固難以取貴矣」
　　　　句。羅國威謂底一「禍」為「裸」之形訛字，「孔」下奪「子」
　　　　字。劉明云：「『山海』當作『山海經』，脫漏『經』字，『禍』
　　　　當作『裸』，據《淮南子・原道訓》『故禹之裸國，解衣而入，
　　　　衣帶而出，因之也』句而改。『禹入裸國』事在《淮南子》，不
　　　　見於今本《山海經》，疑注者誤記而致訛。」按《太平御覽》卷
　　　　六九六《服章部十三》引《風俗通》云：「禹入裸國，欣起而解
　　　　裳。俗說：禹治洪水，乃播入裸國。君子入俗，不改其恒，於
　　　　是欣然而解裳也。」[15] 底一「傾」似當作「欣」。「雖取」當據《與
　　　　嵇茂齊書》正文作「難取」。

〔10〕　胡刻本有「夫物不我貴，則莫之與；莫之與，則傷之者至矣」
　　　　句，李善注引《周易》云：「無交而求，則人不與也；莫之與，
　　　　則傷之者至矣。」底一「易之」疑「易云」之訛。羅國威謂底一
　　　　「無交与求」當作「無交而求」；劉明云：「『與』猶『而』。《尸
　　　　子・勸學篇》云：『無爵與貴，不祿而尊也。』裴學海認為：汪
　　　　氏輯本改『與』為『而』，非是，『與』與『而』同義，非字之
　　　　誤也；《荀子・儒效篇》『君子無爵而貴，無祿而富』，文義與此
　　　　同。」按底一用「与」為「而」凡十餘條，與西北方音特徵相符
　　　　（參見「題解」）。「莫命命興興」底一原作「莫命二興二」，羅
　　　　國威云：「『莫』下當脫一重疊號，『命』當為『之』之訛，『興』
　　　　當為『與』之訛。」劉氏則云：「『莫命命興興』當作『莫之與』，
　　　　字衍而致訛。」羅國威又謂「公」為「云」之形訛字：「『《辭》
　　　　云』者，謂《繫辭》所云也。」按「辭說」字敦煌吐魯番寫本多

作「辝」，《干祿字書・平聲》：「辝辤辭，上中竝辝讓；下辤說，今作辝。」[16]是唐時「辝」已成為「辭」之俗字。

〔11〕 胡刻本有「捴轡迴路，則有前言之艱；懸崄陌宇，則有後慮之戒」句，李善注云：「前言之艱，謂經迴路、涉沙漠以下也。」羅國威謂底一「案」為「崄」之形訛字。劉明云：「『造』當作『涉』。『陌』後脫漏『宇』字。」按五臣本作「涉沙漠」，與李注本相同，《文選集注》編纂者案語云：「今案：《鈔》、《音決》『涉』為『造』。」[17]，劉說不可遽從。

〔12〕 胡刻本有「吁其悲矣，心傷悴矣，然後乃知步驟之士不足為貴也」句。劉明謂底一「驪，行役之士也」為「然後乃知步驟之士不足為貴也」句注文，「言苦難不可遺也」為「吁其悲矣，心傷悴矣」句注文，底一誤倒。劉氏又云：「『遺』當作『遣』。『驪』當作『驟』，其前脫漏『步』字。」

〔13〕 胡刻本有「若廼顧影中原，憤氣雲踊，哀物悼世，激情風烈，龍睇大野，虎嘯六合，猛氣紛紜，雄心四據，思躡雲梯，橫奮八極，披艱掃穢，蕩海夷岳」句。羅國威謂底一「定梯」當作「雲梯」。

〔14〕 胡刻本有「蹴崐崘使西倒，蹋太山令東覆，平滌九區，恢維宇宙，斯亦吾之鄙願也」句，「恢維」二字《晉書》同，五臣本、《文選集注》作「恢廓」，《藝文類聚》同，並與底一相合。底一「卒」為「平」之形訛字；「嵩」為「崐」之形訛字，「崐」「崘」

---

16 施安昌《顏真卿書干祿字書》，第16頁。

17 《晉書》、《藝文類聚》卷三〇《人部十四》引均作「造」歐陽詢《藝文類聚》，第534頁。以下凡引《藝文類聚》所載《與嵇茂齊書》，不復一一出注。

偏旁易位字；「蹍」則「蹋」之俗字 [18]。

〔15〕 胡刻本有「時不我與，垂翼遠逝」句。羅國威云：「『我』字當
涉正文而衍。《集注》本引《鈔》云：『與，猶待也。』與此敦
煌本注合。」

〔16〕 胡刻本有「鋒鉅靡加，翅翮摧屈」句，「翅翮」二字五臣本、《文
選集注》並作「六翮」，《晉書》、《藝文類聚》同，皆與底一相
合。李梅云：「作『六翮』是。」羅國威謂底一「摧」為「摧」
之形訛字。

〔17〕 胡刻本有「自非知命，誰能不憤悒者哉」句，李善注引《周易》
云：「樂天知命故不憂。」羅國威云：「『卌』當『五十』之訛。
《論語・為政》：『子曰：五十而知天命。』當即此注所本。」「天
命命」底一原作「天命二」，羅氏云：「『天』字下當有疊字號，
蓋傳鈔之際脫漏。」按「与」字皆用為「而」，參見校記〔10〕。

〔18〕 胡刻本有「吾子植根芳苑」句。劉明云：「『在』當作『世』而
倒置於『家』前，劉良注曰：『生於芳苑，猶生於美族也，喻嵇
康承家世德盛而生也。』」

〔19〕 胡刻本有「俯據潛龍之淵，仰蔭棲鳳之林」句，「棲鳳」二字五
臣本、《文選集注》作「游（遊）鳳」，《晉書》同，並與底一合。

〔20〕 胡刻本有「無金玉爾音，而有遐心」句，為《詩・小雅・白駒》
成句。劉明云：「『借』當作『惜』，（「遐」上）脫漏『有』字，
據《文選集注》引陸善經注『言無惜音問而有遐遠之心』句而
改。」按「駒」皆「駒」之形訛字。

18　參見趙家棟《敦煌本〈文選注〉字詞考辨》,《寧夏大學學報》（人文社會科學版）第
32 卷第 3 期，第 14 頁。

〔21〕 胡刻本有「各敬爾儀，敦履璞沈」句，底一「沉」為「沈」之
　　　俗字，說見《玉篇‧水部》[19]。

　　陳伯之本齊家將，梁武常蕭演從袞州領人共入齊，東昏侯寶眷伯
芝領兵拒梁武。芝知勢弱兵羸，遂降梁武，梁武夏以為江州刺史。後
有失意於梁武，遂煞其家婢妾世許人，与入元魏，魏以為將軍。後天
監二年，魏以為芝悉梁之土地江山易攻討處，遂令將兵伐梁。軍至臨
江，梁武患之，不知何計，遂令中書丘遲臨江遺芝芝書[22]。

　　患，病也[23]。

　　陳勝少時耕於隴上，謂田耕人曰：鷰省安知鳴鵠之志哉[24]。

　　明主，梁武帝。棄齊寶眷也[25]。

　　開國承孤，謂江州刺史乃侯。《易》云：開國承家[26]。

　　擁旄，節也[27]。

　　奔亡，謂元為突厥，故云鳴鏑、穹虜也[28]。

　　聖朝，梁謂也[29]。

　　朱鮪為光武族兄劉聖公大司馬，光武兄伯叔為聖公死。聖光遣鮪
守洛陽，光武岑彭說降之，与不煞馬，復其官。涉血者，骨血也。謂
兄涉其骨血。友云，兄茀。《詩》云：孝乎唯孝，友乎兄茀[30]。

　　張瀟降曹公，公納其母，繡懊惚，遂反，掩煞太祖長子昂及一
姓。後曹公計劉表破後繡來降，太祖不罪之，封以為侯。事者，以刃
煞人也。愛子，即昂也[31]。

　　不復与復，語云：人道不遠，行之則是復門也[32]。

　　主上，梁武。《老子》：網徧吞舟之魚[33]。

19　《宋本玉篇》，第347頁。

言不煞汝之兄弟、妻子、父母，仍存松柏，兄親安不動動，所愛之妻妾及所有臺俱在不毀。言可來還也[34]。

此，緩。黃，黃金即。二馬為軺，將軍所乘馬車也。刑馬，高祖刑白馬誓[35]。

靦，厚也。謂投之魏[36]。

暮據容三據齊之地，自号為燕。高祖義熙三年伐得之，送建康市，与煞之。婊長之子，本是鮮卑，據西京。宋高祖往伐之，因遂与傅銜壁与降[37]。

霜露所均，謂洛陽。此乃天下之中，霜露所局處。自古聖人周公處，豈遣得汝洟亦居。姬家、漢光武並居之。雜種，謂胡，元家也[38]。

偽薛子，元家。元帝后兄弟爭國相煞也。携，六龍也。首家，首鎮。精，己有忘[39]。

蠻邸、臺衞，主蠻夷舍。言我梁家會當誅書[40]。

鷟巢飛幕，《左傳》云：吳季礼遇衞至戚，聞父子鼜鍾，札歎曰：夫子所居，何異鷟巢飛慕之上也[41]？

言今与我兩軍相守臨江，見江南早春，及見故國旗皷，無感昔日時也。陴，女墙。言尔今執弓弦与登城，可不悲[42]。

漁遊沸鼎，出《淮南子》[43]。

廉頗被讒入楚，猶思欲為趙將報。魏將吳起被讒奔楚，出西河，猶顧魏國与位。左右曰：戀西河，去之如脫脫徒，何故泣也？起曰：不戀也，不忍見秦之取西河。昔秦以我故，不敢入西河，今我云，西移為秦地，是以泣也[44]。

勵，勉也[45]。

皇帝，梁武[46]。

慎池、夜郎，西南夷。胡鮮，東北也。昌海，昌蒲，在西北凶怒中。蹶破其頭用〔47〕。

北狄野心，謂元魏也〔48〕。

臨川王，梁武帝弟，為中軍將軍，常領兵託元家洛陽秦中師〔49〕。

陳伯之得遲此書，南望再三悲涕，遂歸梁，梁封与還其家也〔50〕。

【校記】

〔22〕 此為丘遲《與陳伯之書》篇題之注文。羅國威謂底一「梁武常蕭演」當作「梁武帝蕭衍」，「寶眷」下脫「遣」字，「芝」皆當作「之」，「梁武夏」衍「夏」字；劉明則謂「梁武夏」當乙作「夏梁武」。羅氏又謂「承」乃「柔」之別體，然「柔伐」文義不通，遂改「承」為「以」；劉氏則謂「承」即「矛」字形訛；趙家棟《敦煌本〈文選注〉字詞考辨》云：「『柔伐』當作『蹂伐』，『柔』為『蹂』的本字。『蹂』有『侵伐』義。」[20] 羅氏又謂「遺芝芝書」當作「遺伯之書」；劉明則謂衍一「芝」字。按「衮州」羅、劉二氏皆錄文作「襄州」，「衮」為形訛字。「寶眷」當作「寶卷」。「世許人」之「世」疑為「廿」之形訛字。「刾」為「刺」之俗字，「遅」為「遲」之俗字。下凡「刾」字、「遅」字同。

〔23〕 胡刻本有「陳將軍足下無恙」句。羅國威云：「敦煌本注『恙』作『患』，形近而訛也。」

〔24〕 胡刻本有「棄鷰雀之小志，慕鴻鵠以高翔」句，李善注引《史記》云：「陳涉嘗為人庸耕，輟耕壟上，悵恨久之，曰：苟富

20　《寧夏大學學報》（人文社會科學版）第32卷第3期，第14頁。

貴，無相忘。庸者笑而應之曰：若為庸耕，何富貴也？陳涉太息曰：嗟乎，鶩雀安知鴻鵠之志哉！」羅國威謂底一「省」為「雀」之形訛字，「鳴」為「鴻」之形訛字。

〔25〕胡刻本有「昔因機變化，遭遇明主」句。劉明謂底一「棄齊寶眷也」五字當乙至上文「之志哉」後，為「棄鶩雀之小志，慕鴻鵠以高翔」句注文。按「寶眷」當作「寶卷」。

〔26〕胡刻本有「開國稱孤」句，李善注云：「《周易》曰：大君有命，開國承家。《老子》曰：王侯自稱孤寡不穀。」底一「承孤」當據正文作「稱孤」，「承」字涉下文引《易》而訛。

〔27〕胡刻本有「擁旄萬里」句。

〔28〕胡刻本有「如何一旦為奔亡之虜，聞鳴鏑而股戰，對穹廬以屈膝，又何劣邪」句。羅國威謂底一「虜」為「廬」字形訛。劉明云：「『謂』下當脫漏『降魏』兩字，呂延濟注曰：奔亡之虜，謂降魏也。『鎬』當作『鏑』。」

〔29〕胡刻本有「聖朝赦罪責功，棄瑕錄用」句。羅國威謂底一「梁謂」當乙作「謂梁」。

〔30〕胡刻本有「朱鮪涉血於友于」句，李善注引謝承《後漢書》云：「光武攻洛陽，朱鮪守之，上令岑彭說鮪，鮪曰：大司徒公被害，鮪與其謀，誠知罪深，不敢降耳。彭還白上，上謂彭復往明曉之：夫建大事不忌小怨，今降，官爵可保，況誅罰乎？」羅國威謂底一「鮹」為「鮪」之形訛字，「光武岑彭」之「光武」下脫「令」字，「友云」當作「友于」。劉明云：「『伯叔』當作『伯升』。」按「岑彭」之「岑」為「岑」字形訛，「馬」疑當作「焉」。「苐」為「弟」之俗字。下凡「苐」字同。

〔31〕胡刻本有「張繡剚刃於愛子」句，李善注引《魏志》云：「建安

二年，公到宛，張繡降，既而悔之，復反。公與戰，軍敗，為流矢所中，長子昂、弟子安民遇害。四年，張繡率眾降，封列侯。」正文「剚」字《梁書》、《南史》陳伯之本傳並作「傳」[21]，均與底一「事」字不合。《漢書・蒯通傳》：「慈父孝子所以不敢事刃於公之腹者，畏秦法也。」李奇注云：「東方人以物臿地中為事。」顏師古注云：「事音側吏反。字本作『傳』，《周官・考工記》又作「䤵」，音皆同耳。」[22]按「剚」「傳」蓋皆所謂「後出本字」，顏注「字本作傳」之說不足為據。羅國威謂底一「潚」為「繡」之形訛字。劉明云：「『後曹公計』當移於『遂反』前，『計』後當脫『漏』字，據《三國志・魏志・張繡傳》『太祖南征，軍淯水，繡等舉眾降。太祖納濟妻，繡恨之。太祖聞其不悅，密有殺繡之計。計漏，繡掩襲太祖。太祖軍敗，二子沒』句而改。『劉表』當作『袁紹』，據《張繡傳》『太祖拒袁紹於官渡，繡從賈詡計，復以眾降』句而改。」按「計」蓋「討」之形訛字，劉說殊嫌迂曲。「惚」為「惱」之俗字，見《干祿字書・上聲》[23]。

〔32〕　胡刻本有「不遠而復，先典攸高」句。羅國威謂底一「不復与復」當作「不遠而復」。按「与」蓋非訛字，參見校記〔10〕。劉明云：「『門』當為『凶』之訛，《周易・復卦》王弼注曰：『復之不速，遂至迷凶。』」按《論語・述而》「子曰：仁遠乎哉！我欲仁，斯仁至矣」，包咸注云：「仁道不遠，行之則是至也。[24]

21　《梁書》第2冊，第314頁；《南史》第5冊，第1496頁。

22　《漢書》第7冊，第2159頁。

23　施安昌《顏真卿書干祿字書》，第41頁。

24　皇侃《論語義疏》，第177頁。

即底一「語云」云云之所本，底一「人」為「仁」之同音假借字，「門」蓋「至」字之訛。

〔33〕胡刻本有「主上屈法申恩，吞舟是漏」句，李善注引《鹽鐵論》云：「明王茂其德教而緩其刑罰，網漏吞舟之魚。」羅國威云：「今本《老子》無此文。」按底一「徧」當是「漏」之形訛字。

〔34〕胡刻本有「將軍松柏不翦，親戚安居，高臺未傾，愛妾尚在」句。羅國威謂底一「兄親安不動動」當作「親戚安然不動」，「臺」上當據正文補一「高」字；劉明云：「古人於父子兄弟皆稱為親戚，羅校『兄親』改為『親戚』，實不必。衍『動』字。」

〔35〕胡刻本有「佩紫懷黃，讚帷幄之謀；乘軺建節，奉疆場之任。並刑馬作誓，傳之子孫」句，李善注云：「《史記》：蔡澤曰：懷黃金之印，結紫綬於腰。如淳《漢書注》曰：二馬為軺傳。」羅國威云：「『此』當為『紫』之殘誤，『緩』當是『綬』之訛，『即』當是『印』之訛。」

〔36〕胡刻本有「將軍獨靦顏借命」句，底一「靦」即「靦」之形訛字。

〔37〕胡刻本有「夫以慕容超之強，身送東市；姚泓之盛，面縛西都」句。羅國威謂底一「暮據容三」當作「慕容超」，又云：「姚泓乃姚興之子，『長』字當是『興』字之誤。『與傅』當為『面縛』之訛，『壁』與『璧』形近故訛。」按「配」為「熙」之壞字，「婊」為「姚」之形訛字。

〔38〕胡刻本有「故知霜露所均，不育異類；姬漢舊邦，無取雜種」句。羅國威謂底一「局」當作「居」，「洟」當作「夷」。按「局」字可據正文校改為「均」。

〔39〕胡刻本有「況偽昏狡，自相夷戮，部落攜離，酋豪猜貳」句。

羅國威謂底一「薛」當作「蘽」，「首家」當據正文作「酋豪」，「頷」為「領」之形訛字，「精」當作「猜」，「忘」當作「惡」。劉明云：「『六龍也』恐『亦離也』之訛，形近而致誤。『忘』當作『忌』，劉良注曰：『猜，忌也。』」龔澤軍《敦煌本〈文選注〉補校》云：「『薛子』當為一字。『蘽』乃『孽』的俗字。」[25]按「携」為「攜」之俗字，說見《五經文字・手部》[26]。

〔40〕 胡刻本有「方當繫頸蠻邸，懸首藁街」句。羅國威謂底一「臺衛」當據正文作「藁街」，形近而訛；「書」當作「盡」。

〔41〕 胡刻本有「而將軍魚游於沸鼎之中，鷰巢於飛幕之上，不亦惑乎」句，李善注引《左氏傳》云：「吳季札曰：夫子之在此也，猶鷰巢于幕之上。」羅國威謂底一「礼」「遇」分別為「札」「過」之形訛字，「父子」當作「夫子」，「慕」當作「幕」。

〔42〕 胡刻本有「暮春三月，江南草長，雜花生樹，羣鸎亂飛。見故國之旗鼓，感平生於疇日。撫絃登陴，豈不愴悢」句。羅國威謂底一「無感」當作「撫感」。按「尔」為「介」手寫變體；《說文》「介」「爾」字別，但從古代文獻的實際使用情況來看，二字多混用不分，說見張涌泉師《敦煌俗字研究》[27]。

〔43〕 胡刻本有「而將軍魚游於沸鼎之中」句（參見校記〔41〕）。羅國威謂底一此八字當乙至上文「鷰巢飛幕」之上，「漁」為「魚」之訛。「准」字羅國威、劉明二氏皆錄作「淮」，底一「准」為形訛字。

〔44〕 胡刻本有「所以廉公之思趙將，吳子之泣西河」句。羅國威謂

25　《敦煌學輯刊》2011年第2期，第76-77頁。

26　《叢書集成初編》本，第6頁。

27　張涌泉《敦煌俗字研究》（第二版），第250頁。

底一「位」當作「泣」，「脫脫」誤衍一字，「徙」當作「屣」，「今
我云」之「云」為「去」之形訛字，「移」上可補一「河」字。

〔45〕　胡刻本有「想早勵良規，自求多福」句。

〔46〕　胡刻本有「當今皇帝盛明，天下安樂」句。

〔47〕　胡刻本有「夜郎滇池，解辮請職；朝鮮昌海，蹶角受化」句。
羅國威謂底一「胡鮮」當作「朝鮮」，「昌蒲」當據《漢書・地
理志》「敦煌郡正西關外有白龍堆沙，有蒲昌海」作「蒲昌」，
「蹶」上當據正文補「蹶角」二字，「用」則「角」之形訛字。
按「慎」為「滇」之形訛字，「凶怒」之「怒」宜改作「奴」，「凶
奴」即「匈奴」，底二《為袁紹檄豫州》「幕府董統鷹揚」句注
云「衛青征（征）凶奴」，即其例。

〔48〕　胡刻本有「唯北狄野心，掘強沙塞之間」句。

〔49〕　胡刻本有「中軍臨川殿下，明德茂親，摠茲戎重，弔民洛汭，
伐罪秦中」句。羅國威謂底一「託」當為「討」之形訛字。

〔50〕　此一節蓋遙承篇題之注文。

劉冶為秣陵令，孝標從兄。孝標作《辨命論》、《絕交》，秣陵作
書非之，不由命，与人不能行即尔。書踈伏遣非一，此最後書。尚陵
与標書，兄死，遂未及報，閒秣陵家得秣陵非標云：將來視標作書，
云若作神鬼不知，當讀我此書於陵秣墓上〔51〕。

標平原人，永嘉年遷，後被從桑乾奴，後宗人將錢贖得之。勤學
与入難，常被學內嘲之。後火悟，學問成，遂逃江南〔52〕。

劉侯，沼。難，難孝標《命》、《絕交》寸事。天倫，標兄死，不
得報之書。致，還洛之書〔53〕。

此君長逝，劉洺死。緒亦餘〔54〕。

　　沫也。煞青，煞為書，故云青藺。古者《礼記》曰：朋友之墓，有宿草焉則不哭。宿草渭陳根，謂去年之草令歲　之則不哭。則不覺泫然涕之無從〔55〕。

　　隟駟，猶如駟四馬疾過穴孔也。隟，穴也。尺波，水上波。唯有秋蘭春蘭年年常新也。言雖我，故存昔梗槩，与今酧吝未死前意立也〔56〕。

　　墨翟著書，明有鬼神篇云：昔燕藺公煞杜子義，杜子義既無罪被煞，常怨之，藺公將祭厝，子義遂以銅殳朴煞藺公。又有王李有爭，煞羊槃侯身神明，死羊起來犀李云云。周宣王煞杜伯，伯無罪。王遊後園，伯遂執來弓矢射煞宣王。此定無思也。宣室，未央殿前有宣室。漢文帝祭訖，受釐福於室，取昨宍，固召曰：長沙太傅賈誼，鬼神實有福与人不？誼言有。此標言尓，若如賈、墨等談實有思，時可知也我吝尓書〔57〕。

　　《黃皇覽冢墓礼》云：漢東平思王枉事，不得向西京，葬之遂於東平。昔每怨，反葬訖，其墓上松柏等樹悉西靡而望長安。《宣城記》云：臨城縣南卅里有蓋山舒姑泉者，舒女氏与其父同入山採新，女因坐不起，父呼不得，曰歸家，化為泉水一池，其父共母同入，不見其女，唯見一泉，母曰：我女生時好母歌。遂於泉水邊撫琴，水涌出，遂有雙鯉出躍出，聞絃歌應節而躍也。標言尓，若蓋山女及東平等神不併，可看我吝書〔58〕。

　　縣劔，即吳季子。移書讓太常等神不併可看我吝書懸劔即吳季子〔59〕。

【校記】

〔51〕　此為劉峻《重答劉秣陵沼書》篇題之注文，李善注引劉璠《梁

典》云：「劉沼字明信，為秣陵令。」底一「冶」字羅國威錄文
作「治」，為「沼」之訛字。羅氏又謂「不由命」上可補一「言」
字，「与人不能行」當作「而人能行」；劉明云：「『與人』當作
『由人』，『不能行』，『不』字為衍文，劉良注曰：『秣陵令劉沼
作書難之，言不由命，由人行之。』」按底一多用「与」字為
「而」（參見校記〔10〕），「而人能行」自可通，羅校可從。李
梅云：「『伏遣』一詞不通，『伏』當錄為『狀』字，『書疏狀』
同義連用，『遣』意為送、發送，書信中常見。」羅氏又云：「尚
陵，『尚』當為『嘗』之訛，『阱』為『秣』之訛，『嘗』又與『秣
陵』誤倒。」又謂「云若」當乙作「若云」；劉氏則謂「云」為
衍文。羅氏又謂「不知」當作「有知」，「陵秣」當作「秣陵」。
劉氏又云：「『閒』當作『聞』。」

〔52〕此為《重答劉秣陵沼書》作者名「劉孝標」之注文。羅國威據
《梁書》、《南史》劉峻本傳謂底一「永嘉年遷」當作「泰始年遷
北」，「從」為「徙」之形訛字，「火」當作「大」。

〔53〕胡刻本有「劉侯既重有斯難，值余有天倫之戚，竟未之致也」
句，李善注云：「《孝標集》有沼《難辨命論書》。」羅國威謂底
一「寸」為「等」之壞字。按「等」之草書與「寸」無殊。羅
氏又謂「洺」當作「沼」，下凡「洺」字同。劉明云：「『事』
當作『書』。」按「命」上宜補一「辨」字。

〔54〕胡刻本有「尋而此君長逝，化為異物，緒言餘論，蘊而莫傳」
句。

〔55〕胡刻本有「或有自其家得而示餘者，余悲其音徽未沬而其人已
亡，青簡尚新而宿草將列，泫然不知涕之無從也」句，李善注

云：「《楚辭》曰：芳菲菲而難虧兮，芬[28]至今猶未沫。王逸曰：
沫，已也。《風俗通》曰：劉向《別錄》，殺青者，直治青竹作
簡書之耳。《禮記》曰：朋友之墓，有宿草而不哭焉。」羅國威
據五臣呂向注「沫，滅也」謂底一「沫」下脫「滅」字，「煞為
書」當作「煞青為書」。龔澤軍《敦煌本〈文選注〉補校》云：
「『煞』字乃涉前『煞』字而衍，當刪，不當補『青』字。」[29]羅
氏又謂「蕳」當作「簡」，「渭」當作「謂」，「令」為「今」之
形訛字。按敦煌吐魯番寫本竹、艹二旁混用，此「蕳」為「簡」
字俗寫。下凡「蕳」字同。

〔56〕 胡刻本有「雖隟駟不留，尺波電謝，而秋菊春蘭，英華靡絕，
故存其梗槩，更酬其旨」句。羅國威謂底一「駟四馬」之「駟」
為「馳」之形訛字。龔澤軍《敦煌本〈文選注〉補校》云：「『四』
當為涉『駟』而衍。」[30]羅氏又謂「秋蘭」當據正文作「秋菊」，
「我故」「意立」皆誤倒。劉明則云：「『我』當為『逝』之訛。
『昔』當作『其』，據正文『故存其梗槩』句〔而改〕。」按「雖
我」疑當作「難我」。「陳」為「隟」之俗字，考詳《敦煌俗字
研究》[31]。

〔57〕 胡刻本有「若使墨翟之言無爽，宣室之談有徵」句。羅國威謂
底一「明有鬼神」下脫「明鬼」二字，「杜子義」之「杜」當據
今本《墨子》作「莊」，「厝」當作「廟」，「又有」之「有」字
誤衍，「來弓矢」之「來」當作「朱」，「無思」當作「無爽」。

28　「芬」字胡刻本原作「芳」，茲據胡克家《文選考異》說校改。
29　《敦煌學輯刊》2011 年第 2 期，第 77 頁。
30　《敦煌學輯刊》2011 年第 2 期，第 77 頁。
31　張涌泉《敦煌俗字研究》(第二版)，第 860 頁。

劉明云：「『厝』當為『庿』之訛，即『廟』字。『朴』當作
『杖』，用為動詞。『李』當作『里』。『身』當作『其』。」按敦
煌吐魯番寫本才、木二旁混用，「朴」為「扑」字俗寫。《玉篇·
手部》：「扑，普卜切，打也。」[32]「粲」為「粲」之俗字，說見
《干祿字書·去聲》[33]，此為「祭」之形訛字，羅、劉二氏徑錄
文為「祭」。羅氏又謂「昨」為「胙」之形訛字，「有思」當作
「有鬼」，「可知也我苔尒書」當乙作「可知我苔尒書也」。按「固
召日」之「固」疑為「因」之形訛字。

〔58〕　胡刻本有「冀東平之樹，望咸陽而西靡；蓋山之泉，聞絃歌而
赴節」句，李善注云：「《聖賢冢墓記》曰：東平思王冢在東
平。《無鹽人傳》云：王歸國思京師[34]，後葬，其冢上松柏西
靡。《宣城記》曰：臨城縣南四十里蓋山高百許丈，有舒姑泉。
昔有舒氏女與其父析薪，此泉處坐，牽挽不動，乃還告家，比
還，唯見清泉湛然，女母曰：吾女本好音樂。乃絃歌，泉涌迴
流，有朱鯉一雙。」羅國威謂底一「黃皇覽冢墓礼」當作「皇覽
冢墓記」，云：「『皇覽』為書名，『冢墓記』當為篇名。」劉明
云：「《太平御覽》『冢墓四』條引《皇覽冢墓記》曰：『東平思
王冢在東平，松皆西靡。』『葬之遂於東平』當作『遂於東平葬
之』。」按「葬」為「葬」字俗省。「葬之遂於東平」疑當乙為
「遂葬之於東平」。「反」字羅、劉二氏皆錄文作「及」，「反」
為形訛字。羅氏又謂「舒女氏」當作「舒氏女」，「新」為「薪」
之壞字，「躍出」二字誤衍，「不併」當作「不誣」。劉氏云：

32　《宋本玉篇》，第123頁。

33　施安昌《顏真卿書干祿字書》，第52頁。

34　「思」胡刻本原在「王」字上，茲據胡克家《文選考異》說乙改。

「『遂有雙鯉出躍出』句，前一『出』字衍。」

〔59〕 胡刻本有「但懸劒空壠，有恨如何」句，「懸」字底一作「縣」，「縣」「懸」古今字。羅國威謂「移書」以下二十字涉上下文而衍。

移書讓太常，移，易也，以我此情移易彼情曰移。此情向被，亦周此平懷。即州縣移同，此縣向彼曰移，縣詣州曰牒上、解上寸〔60〕。

劉歆，向子也。楚元王十一孫〔61〕。

歆哀帝時為侍中，故之親近天子也。欲建《左氏》者，哀帝欲立之。當此之時，用公羊高、穀梁赤《春秋》，而不行左明《傳》也，故合欲立之。公羊、穀梁受傳《春秋》於子夏，丘明季《春秋》於孔子。《詩》有四種：當時齊有袁固生《詩》；有軸嬰為《詩》，謂之《叔詩》；有申公《詩》；趙有毛亭《詩》。當此之時，立上三《詩》，而不立毛亭也。伏生所誦《詩》是今文，而無古文，至此欲立之，及《逸礼》等。而諸博士不通此等書，故不肯立之，故哀帝欲立之，今博士語欲立，諸儒置不肯置，謂言立之，故歆与書責之，何以不立毛寸行於世。乱也〔62〕。

三代，夏殷周。𡌻帝，虞。明王，三代王也。相襲，言道不絕。著，顯明〔63〕。

周室徽，謂幽、厲之末。言道之不可令陽得也〔64〕。

孔安丘至衛，衛靈公不問俎豆，立而問軍旅。放孔子至陳，乏食七日，後陽於魯，然後正《礼》、《樂》、《云》、《書》。《礼》、《樂》、《云》、《書》曹秦今無。雅，正也。頌有功者也〔65〕。

家序《尚書》，發首言兩行序者是仲尼也。脩《易》，為《彖》、《象》、《繫舜》也。《春秋》，在魯定公十返魯而脩《春秋》，至哀十四

年四月癸亥[66]。

夫子卆，微妙之言遂絕，謂先生之道德尚史也。終，死。大義，謂《春秋》、《雅》、《頌》等義。案《史記》有七八人，所可師法但有四科十哲[67]。

當週時有八千八百七十國，週末猶有百國。至秦而三分，有七國，不務道德，唯習干戈戰事，故云戰國。重，更也[68]。

三千五百為軍，五百為旅[69]。

孫武為兵法，吳起衛人。武教吳兵法分宮人。武教吳兵法，分宮人為二隊，有不用命者斬之。吳王大驚，後法大行[70]。

陵，毀。夷，平也。暴秦，始皇。懷挾《詩》、《書》皆皆斬之。始皇廿二年，李斯教始皇，天下今有人挾藏《書》，見為城旦春。至惠帝時乃癈之。是古言古《礼》、《樂》、《詩》、《書》是者，今与罪[71]。

聖帝明王，謂唐虞二代[72]。

叔孫通，魯人，為高祖制礼儀，始有君臣之別，高祖乃歎曰：吾今乃王者之重乎！封通為祺嗣[73]。

《易》卜，秦始皇時但燒經史，而不樊卜莁陰陽之書[74]。

降侯，周勃。灌嬰人。介，甲也。胄，光牟[75]。

掌故，六百石官也[76]。

根柳，即伏生藏之於屋壁，渠得之者，未解其義，但傳教技讀[77]。

萌牙，言始初有也。眾書頗少見也，但傳說者未知，不立為學官為博士。賈生，誼也[78]。

或誦深《雅》，或讀得《訟》者，不盡得，相合始成一[79]。

始武帝末年，何內有女子懷屋得《太哲》，獻之於帝也[80]。

天漢，武帝年号。孔安國《書》千六篇，孔安《書序》弃五篇，

今言十六，蓋是以卷為篇卷。魯恭王，景帝程姬之子，名余。恭，溢也。巫蠱，渭武帝在甘泉宮，江充詐遣理桐木人五投聽太子宮，而上武帝言太子宮有巫蠱氣，遂掘之得桐木。太子怨之，遂將兵圍以充。武帝謂太子返，遣將劉屈釐來討之，不勝而去也[81]。

各寫廿通，藏之於秘閣。伏，隱藏[82]。

陳發前伏藏秘閣之書。三事，謂《尚書》、《亡逸》、《左氏春秋》。考投舊來舊官相傳者[83]。

信兄，所得正傳礼而不信之，輕末光師而非注古[84]。

保殘，謂諸不欲立《左》、《無逸礼》等一事，歆此讒之。恐見破，畏其傳習之義，而無從善眼行今所得正書之公義[85]。

心或懷怨。考，驗也。言我舊來所得之何處來也[86]。

今聖上，謂哀帝也[87]。

依建讓，不即立《左氏》等，猶遣我与諸學士議立之[88]。

近臣，歆自。微弱，《左氏》等。比，相親比。癈遣，失路之書，既得之，喜[89]。

今不然，謂不肯立之也，不肯校試《左氏》之義。不誦，不肯習誦。餘道，謂眾盡也[90]。

人之性，可事試即周其利道，共為之則不肯也[91]。

先帝，謂武帝[92]。

有礼者求之於鄙野之人。古文猶勝於野，俞，勝也，阿以不用[93]。

歐陽和伯，千乘人也，兒寬苐子。放雔，涕人，字長卿。孟喜，魯国蘭陵人。六國時公羊，涕人[94]。

大夏，勝也。梁丘，賀。小夏侯，建，勝兄子[95]。

志，記也，識也[96]。

【校記】

〔60〕　此為劉歆《移書讓太常博士》篇題之注文。羅國威謂「被」為「彼」之形訛字，「亦周此平懷」當作「亦同此本懷」，「寸」當作「等」。趙家棟《敦煌本〈文選注〉字詞考辨》云：「在書儀中彼此年齡官爵相當者則稱為『平懷』。『此縣向彼日移』正說明移書是平懷之間的書信或文帖。」[35]

〔61〕　此為《移書讓太常博士》作者名之注文。羅國威於底一「孫」上補一「世」字。劉明云：「據《漢書・楚元王傳》，歆當是楚元王五世孫。」按底一蓋誤分「五」字為「十一」二字。

〔62〕　此為《移書讓太常博士》前言「歆親近，欲建立《左氏春秋》及《毛詩》、《逸禮》、《古文尚書》，皆列於學官。哀帝令歆與五經博士講論其議，諸儒博士或不肯置對，歆因移書太常博士，責讓之曰」之注文。羅國威謂底一「左明」當作「左丘明」，脫「丘」字。劉明云：「『左明』當作『丘明』，據下文『丘明受《春秋》於孔子』句而改。『季』當作『受』，據『公羊穀梁受傳《春秋》於子夏』句而改。」龔澤軍《敦煌本〈文選注〉補校》云云：「『季』當為『委』字。『委』乃知悉義。」[36] 按劉校是也，「受」字底二或誤作「孚」，可資比勘，參見校記〔274〕〔289〕。羅國威又謂「袁固生」當作「轅固生」，「軸嬰」當作「韓嬰」，「毛亭」當作「毛亨」，「置不肯置」當據正文作「不肯置對」，「毛寸」為「毛詩」之訛，「乱」為衍文。劉氏又云：「『叔』當作『外』，當為『韓詩外傳』之省。『亂』前當脫漏

『讓』字，『亂』為『辭』之訛，此句當校為『讓，辭也』。」龔
氏又云：「『寸』字乃『等』字草書。『亂』不當為衍文，亦不
似『辭』之訛，『亂也』當為注釋下文『昔唐虞既衰』之『衰』
字。」按「毛等」即指正文《毛詩》、《古文尚書》等，龔校是
也。又「故之親近天子也」之「之」蓋「云」之形訛字。「伏生
所誦《詩》是今文」之「詩」當作「書」，指《尚書》。「今博士」
之「今」羅氏錄文作「令」，底一「今」蓋形訛字。

〔63〕 胡刻本有「昔唐虞既衰，而三代迭興，聖帝明王，累起相襲，
其道甚著」句。底一「雀」字羅國威、劉明皆據正文錄作
「聖」。「虞」上宜補一「唐」字。

〔64〕 胡刻本有「周室既微，而禮樂不正，道之難全也如此」句。羅
國威據正文校改底一「徽」字為「微」，又云：「『令陽得也』
四字，『令』字當是『全』字之訛，下衍『陽』。」劉明云：「『陽』
當為『易』之訛。」

〔65〕 胡刻本有「是故孔子憂道不行，歷國應聘，自衛反魯，然後樂
正，《雅》、《頌》乃得其所」句。羅國威謂底一「孔安丘」衍
「安」字，「立而問」衍「立」字，「陽」當作「反」，「云書」
當作「詩書」，「曹」當作「遭」，「頌」字當重。按「陽」疑「歸」
之訛，二字草書形近。「云」或可校作「之」。

〔66〕 胡刻本有「修《易》序《書》，製作《春秋》」句。羅國威謂底
一「家」字誤衍，「舜」當作「序」。劉明云：「『家』當為『安』
之訛，脫漏『孔』『國』兩字，據下文『孔安國《書》千六篇，
孔安《書序》棄五篇』句而改。『舜』當作『辭』，形近而訛。」
羅氏又謂「在魯定公十」與史實不合，當作「丘魯哀公十三年」；
劉氏云：「『在魯定公十』當作『在魯定公十四年去魯』。」

〔67〕胡刻本有「及夫子沒而微言絕，七十子卒而大義乖」句。羅國威謂底一「尚史」當作「風尚」。劉明云：「『七八人』當作『七十人』。」按「卆」為「卒」之俗字，說見《龍龕手鏡》十部[37]。

〔68〕胡刻本有「重遭戰國」句。底一「至秦而三分」之「秦」疑當作「晉」，謂三家分晉。

〔69〕胡刻本有「理軍旅之陣」句。羅國威據《論語集解》所引鄭玄說「萬二千五百人為軍」謂底一「三」當作「二」，其上脫「萬」字。劉明云：「『三』當為『二』之訛，劉良注曰：『二千五百人為軍。』敦煌本《文選注》為唐時寫本，當從劉良注為是。」按《論語》鄭注據《周禮・地官・小司徒職》「五人為伍，五伍為兩，四兩為卒，五卒為旅，五旅為師，五師為軍」而言，故云「萬二千五百人為軍」，「師」則二千五百人。唯散文「師」「軍」無別，故五臣劉良注云「二千五百人為軍」。

〔70〕胡刻本有「孔氏之道抑，而孫吳之術興」句。羅國威謂底一誤衍「武教吳兵法分宮人」八字。按此涉上下二「人」字而衍。

〔71〕胡刻本有「陵夷至于暴秦，焚經書，殺儒士，設挾書之法，行是古之罪」句。羅國威謂底一「皆皆」誤衍一字，「廿二年」當作「三十四年」，「挾藏」下當補一「詩」字，「至惠帝時乃癈之」乃《移書讓太常博士》下文「至於孝惠之世，乃除挾書之律」句注文。劉明云：「前『皆』字當作『者』。『見』當作『黥』，據《秦始皇本紀》『令下三十日不燒，黥為城旦』句而改。」龔澤軍《敦煌本〈文選注〉補校》云：「『見』似當為『完』之形誤，完乃古之刑罰名。『舂』當為『舂』之形誤，城旦舂即城

且。『完為城旦舂』之語於《漢書・刑法志》中出現三次，敦煌寫卷之語正與之相合。」[38] 按《漢書・惠帝紀》「上造以上及內外公孫、耳孫有罪當刑及當為城旦舂者，皆耐為鬼薪、白粲」應劭注云：「城旦者，旦起行治城；舂者，婦人不豫外徭，但舂作米。皆四歲刑也。」[39] 是「城旦」非即「城旦舂」。又《漢書・刑法志》云：「諸當髡者，完為城旦舂；當黥者，髡鉗為城旦舂。」[40] 此漢文帝除肉刑之法，秦法則黥為城旦，劉氏謂底一「見」當作「黥」，蓋可信從。敦煌吐魯番寫本疒、广二旁混用，此「癈」為「廢」字俗寫。下凡「癈」字同。

〔72〕 胡刻本有「漢興，去聖帝明王遐遠」句。羅國威謂底一「二代」當作「三代王」。劉明云：「此句當校為『聖帝，謂唐虞。明王，三代王』，據上文『三代，夏殷周。聖帝，虞。明王，三代王也』句而改。」按此似僅誤一字，「唐虞三代」即據《移書讓太常博士》上文「昔唐虞既衰而三代迭興」而言，參見校記〔63〕。

〔73〕 胡刻本有「時獨有一叔孫通，略定禮儀」句。羅國威據《史記・劉敬叔孫通列傳》於底一「吾今乃」下補一「知」字。龔澤軍《敦煌本〈文選注〉補校》云：「『禝』似為『稷』之形誤。《史記》：『漢王拜叔孫通為博士，號稷嗣君。』」[41]

〔74〕 胡刻本有「天下惟有《易》卜，未有他書」句。羅國威謂底一「樊」當作「焚」，「萐」當作「筮」，俗書竹、艹二旁混用所致。

〔75〕 胡刻本有「然公卿大臣絳灌之屬，咸介冑武夫，莫以為意」句。

38　《敦煌學輯刊》2011年第2期，第78頁。

39　《漢書》第1冊，第87頁。

40　《漢書》第4冊，第1099頁。按前「髡」字原作「完」，據《漢書》臣瓚注校改。

41　《敦煌學輯刊》2011年第2期，第78頁。

羅國威謂底一「降」為「絳」字形訛，「人」為「夫」字之殘，指灌夫，「光牟」當作「兜鍪」。按「牟」字不誤，兜鍪可寫作「兜牟」。

〔76〕　胡刻本有「至孝文皇帝，始使掌故晁錯從伏生受《尚書》」句。

〔77〕　胡刻本有「《尚書》初出於屋壁，朽折散絕，今其書見在，時師傳讀而已」句。羅國威謂底一「根柳」當作「折挫」，「譬」當作「壁」，「技」當作「使」。劉明云：「據正文，『根柳』當作『朽折』。『技』當作『授』。」龔澤軍《敦煌本〈文選注〉補校》云：「『技』似當為『披』之形誤，披讀義即閱讀、瀏覽。」[42]

〔78〕　胡刻本有「《詩》始萌芽，天下眾書，往往頗出，皆諸子傳說，猶廣立於學官，為置博士，在朝之儒唯賈生而已」句，「芽」字五臣本同，《漢書》劉歆本傳作「牙」[43]，合於底一。「牙」「芽」古今字。「愽」為「博」之俗字，《干祿字書·入聲》：「愽博，上通下正。」[44]

〔79〕　胡刻本有「當此之時，一人不能獨盡其經，或為《雅》，或為《頌》，相合而成」句。劉明云：「『訟』與『頌』相通。《說文·言部》：『訟，一曰謌訟。』段玉裁注曰：『訟誦古今字，古作訟，後人假頌皃字為之。』古本《毛詩》頌字多作訟。」按「誦深」不辭，「深」當作「得」，下句可證。

〔80〕　胡刻本有「《泰誓》後得」句，「泰」字底一作「太」，「太」「泰」古今字。羅國威謂底一「何」「懷」「晢」分別為「河」「壞」「誓」之形訛字。

42　《敦煌學輯刊》2011 年第 2 期，第 78 頁。

43　《漢書》第 7 冊，第 1969 頁。

44　施安昌《顏真卿書干祿字書》，第 64 頁。

〔81〕 胡刻本有「及魯恭王壞孔子宅，欲以為宮，而得古文於壞壁之中，《逸禮》有三十九篇，《書》十六篇。天漢之後，孔安國獻之，遭巫蠱倉卒之難，未及施行」句，李善注引《漢書》云：「武帝末，魯恭王壞孔子宅，欲以廣宮，而得《古文尚書》及《禮》、《論語》、《孝經》。孔安國者，孔子後也。悉得其書，以考二十九篇，得多十六篇。安國獻之，遭巫蠱事，未列于學官。」羅國威謂底一「孔安《書序》」之「孔安」下脫「國」字，「篇卷」衍「卷」字，「余」當作「餘」，「溢」當作「謐」，「理」當作「埋」，「投聽」似當作「於」。劉明云：「『聽』當為『廳』之訛，而錯置於『太子』前，當作『投太子宮廳』。」趙家棟《敦煌本〈文選注〉字詞考辨》云：「『理』當為『治』，避唐高宗李治的諱而改。『投聽』即是『投停』，聽為停的音借字。投停就是投放，停有停放義。」[45] 景浩《佚名〈文選〉注綜合研究》則謂「理」為「埋」之形訛字[46]。羅氏又謂「返」當作「反」，「螯」當據《漢書》作「鼇」。劉氏又云：「『千』當為『十』之訛。『渭』當作『謂』。」按「弃五篇」之「弃」字當是「云廿」二字之誤，「廿」即「二十」之合文。偽孔安國《尚書序》云「增多伏生二十五篇」[47]，即此所謂「孔安國《書序》云廿五篇」。

〔82〕 胡刻本有「及《春秋》左氏丘明所脩，皆古文舊書，多者二十餘通，藏於祕府，伏而未發」句，底一「秘」為「祕」之俗字。

〔83〕 胡刻本有「乃陳發祕藏，校理舊文，得此三事，以考學官所傳經」句。羅國威據五臣呂延濟注「三事，即《尚書》、《左傳》、

45　《寧夏大學學報》（人文社會科學版）第 32 卷第 3 期，第 13-14 頁。

46　《文史》2015 年第 3 輯，第 196-197 頁。

47　《十三經注疏》，第 115 頁。

《逸禮》也」謂底一「亡逸」當作「逸禮」，又謂「考投」當作「考校」，「舊官」當作「學官」，涉上文「舊」字而訛。劉明云：「『儔』當為『傳』之訛。」

〔84〕 胡刻本有「信口說而背傳記，是末師而非往古」句。羅國威據正文謂底一「信兄」當作「信口說」，「礼」為「記」字形訛，又云：「『輕末光師』，『輕』下當脫一『信』字，『光』字當是『先』字之訛，而『先』字當涉下文『師』字而衍。」又謂「注」為「往」之誤字。

〔85〕 胡刻本有「猶欲保殘守缺，挾恐見破之私意，而亡從善服義之公心」句。羅國威謂底一「左無逸礼」當作「《左傳》、《尚書》、《逸禮》」，「眼行」當作「服行」。劉明云：「『畏其傳習之義』後當脫漏『破』字。」

〔86〕 胡刻本有「或懷疾妬，不考情實，雷同相從，隨聲是非」句，底一「恕」蓋「妬」之增旁繁化字。

〔87〕 胡刻本有「今聖上德通神明」句。

〔88〕 胡刻本有「猶依違謙讓，樂與士君子同之，故下明詔，試《左氏》可立不」句。羅國威據正文謂底一「讓」上脫「謙」字，又云「遺」為「遣」之誤字。按「建」字羅國威、劉明二氏皆據正文錄作「違」，「建」為形訛字。

〔89〕 胡刻本有「遣近臣奉旨銜命，將以輔弱扶微，與二三君子比意同力，冀得廢遺」句。羅國威謂底一「歆自」下脫「謂」字，「遣」當據正文作「遺」。

〔90〕 胡刻本有「今則不然，深閉固距而不肯試，猥以不誦絕之，欲以杜塞餘道，絕滅微學」句。羅國威謂底一「盡」當作「書」。

〔91〕 胡刻本有「夫可與樂成，難與慮始，此乃眾庶之所為耳，非所

望於士君子也」句。羅國威謂底一「周」當作「圖」，劉明則謂當作「同」。按「試」字疑當據正文作「成」。

〔92〕 胡刻本有「且此數家之事，皆先帝所親論」句。劉明云：「『武帝』當作『成帝』，張銑注曰：『成帝也。』《漢書·劉歆傳》：『孝成皇帝閔學殘文缺，稍離其真，乃陳發祕藏，校理舊文。』」

〔93〕 胡刻本有「夫禮失求之於野，古文不猶愈於野乎」句，「愈」字五臣本、《漢書》同[48]，底一作「俞」，「俞」「愈」古今字。羅國威謂底一「有禮（礼）」當據正文作「禮失」，劉明則謂當作「失禮」。羅氏又謂「阿」為「何」之形訛字。

〔94〕 胡刻本有「往者博士，《書》有歐陽，《春秋》公羊，《易》則施、孟」句，李善注云：「《漢書》曰：歐陽生字和伯，千乘人也，事伏生。又曰：樂陵侯史高言穀梁子本魯學，公羊氏廼齊學。又曰：施讎字長卿，沛人也，從田王孫受《易》。又曰：孟喜字長卿，東海人也，從田王孫受《易》。」羅國威謂底一「兒寬弟子」當作「弟子兒寬」，「放讎」當據正文作「施讎」，前一「涕人」當作「沛人」，後一「涕人」當作「齊人」。

〔95〕 胡刻本有「然孝宣帝猶復廣立穀梁《春秋》、梁丘《易》、大小夏侯《尚書》」句，李善注云：「《漢書》曰：梁丘賀字長翁[49]，琅邪人也，從京房受《易》。又曰：夏侯勝從濟南伏生受《尚書》，勝傳從兄子建，建又事歐陽高，由是《尚書》有大小夏侯之學。」羅國威謂底一「大夏」下脫「侯」字。

〔96〕 胡刻本有「賢者志其大者，不賢者志其小者」句。

48　《漢書》第7冊，第1971頁。

49　「賀」字胡刻本原脫，茲據胡克家《文選考異》說校補。

北山，蔣山也。當時丹陽為都，薄山在丹陽，故言北山。齊時都丹陽也。為汝南周顒字彥倫，高才博士，文才善於數州，而初不隱居山此薄山，即鍾山也。及後被齊武帝之，以為東海浙江之右塩縣為令，周顒即作之而出此山。故會稽孔德璋字雅珪為此移譏之〔97〕。

言初道，乃至得召即應之，故假為鍾山及鍾山北阜草堂，此舊周顒隱處，故言云故今假山之神及草堂之神為移，致之於山庭之道。周顒昔日何由來隱此，及被召即應。聞道今更欲來此邊，汝山庭及木樹莫容之，使煙及露為馳使驛馬，時移送也。英，亦神〔98〕。

夫耿介者，言道有人如此者〔99〕。

芥，視之如草芥，若田單不應斉掌，魯連不受燕封子金相。漢武帝云：若使我得神仙，棄天下如脫屣。亭亭物表，永仙人〔100〕。

鳳吹，周靈子晉吹蕭，在洛州之浦，浮兵言得仙。袁淑《真隱傳》云：有蘓門先生遊於瀨之水，值一採薪人，蘓門先生曰：尓日終有此事乎，甚可哀哉。薪人曰：吾口聞聖人無心，以道德為心，子何恠乎？吾以此採薪為取道舍猶吾，尓何知也？遂長哥而去，不領蘓門〔101〕。

冬始差乎者，譏終周本來為如此意，今被他名即去，終始參差。楊朱見一道後分為多，遂法本同末異。蒼黃等者，墨子見素之在蒼則青，在黃則赤。迹曲心染，喻素。先後黷，謂被名入塵俗入塵俗〔102〕。

尚長字子平，娶男女娶妻論，入山隱去，漢人。仲文長統，後漢人，常隱居不九仕，歎曰：吾凡灌園之執，來於閒逍遙場園自樂，何能屈節於公卿之門哉？統山陽人〔103〕。

周子，即周顒也〔104〕。

遁東魯，如人顏闔隱者，魯侯住執節往見之，闔不顧。又有周魯人二。然南郭子綦純南郭，坐隱机，出《庄子》〔105〕。

道周顥初未隱，濫著隱巾。北嶽即鍾〔106〕。

詎誘我松桂，道來隱。欺誑我雲壑，假為隱遁之容，心求好爵〔107〕。

即吉言周初來時，不巢許。在立幽立人。王孫，出准南小山〔108〕。

昔仙人涓子服木得仙，三百年後釣于河，得一鯉魚，魚中得書〔109〕。

騶，單馬，渭之郭馬，今之侍馬，衙使所乘名人者。是言入谷來名之人者。是言入谷來名之。鵠書，字曰：招士為鸞首書。言作鵠頭之書以夾，士即與之反波之書却之。《漢書‧藝之志》載為鸞書、鳥人等。越至山隴而名之〔110〕。

刑馳、神動容等，道甚文即憙，欲得作官也〔111〕。

杭，欲為塵俗車也〔112〕。

風雲、石泉俱瞋怒之〔113〕。

金章、墨綬，謂為有縣今。近海之旬，官近海，漸江之右〔114〕。

《魏志》有毅字德容，為新豐今，三輔秤能。《益部著舊記》云：趙字元珪，為候氏今，政積有異，虎負子度何。卓茂子仲康為今，魯恭為中牟今。琴哥，操。楊雄作酒誰見。結課，求考課。折，斷獄。欲求三輔九州之聲譽望与他〔115〕。

投簪，魯連之徒不用官，挍簪入海。解吉蘭，嬰縛塵偽之事〔116〕。

南北嶽自相朝笑，言因容此人車來即〔117〕。

素謁，請謁。東自，西周處〔118〕。

今聞伇從此間過，欲抱上橛櫂向京，欲於此過，尓之山林等莫容其將面目過也〔119〕。

或假步在我此處遇〔120〕。

局、扁，禁閇，莫客客過〔121〕。

山中逍逃之容，更須遂之。謝，遣〔122〕。

【校記】

〔97〕 此為孔稚珪《北山移文》篇題之注文。羅國威謂底一「薄山」
皆當作「蔣山」，「奎」為「彥」之誤字。羅氏又謂「而初不隱
居山此」衍「不」「山」二字；劉明則云：「當校為『而初隱居
此山』。」羅氏謂「齊武帝」下脫「徵」字，「右塩縣為令」當
作「海鹽縣令」。又據《南齊書·孔稚珪傳》謂「孔德璋字雅珪」
當作「孔稚珪字德璋」。按「在丹陽」下宜補一「北」字。

〔98〕 胡刻本有「鍾山之英，草堂之靈，馳煙驛路，勒移山庭」句，
「路」字底一作「露」，劉明引黃焯說云：「『馳煙驛路』句，先
叔父（黃侃）嘗語焯云：『路』或為『霧』之訛，蓋『霧』先訛
作『露』，再訛作『路』，而『驛路』又屬常語，遂莫知改正也。
檢《王子安集》，『驛』字每作動詞用，則『驛霧』與『馳煙』
為對文，非與『山庭』為對文也。王勃《乾元殿賦》『尋山縋嶺，
驛霧馳煙』疑即本孔文。」按徐復《讀文選札記》亦引黃侃此
說，徐氏又云：「嗣在重慶時，閱影宋本《太平御覽》卷四十一
引《金陵地記》，所舉孔文首四句，正作『馳煙驛霧』，知宋人
所見本尚有不誤者，可用以證成師說，洵屬快事。」[50] 羅國威謂
底一「言初道」之「道」上脫一「求」字。劉明云：「『道』後
當脫漏『來隱』兩字，據下文『詿誘我松桂，道來隱』句改。」
羅氏又謂「故言云故」當作「故云」；劉氏則以「故言」二字屬
上為句，而「云故」則當乙作「故云」。劉氏又云：「『時』為

50　《徐復語言文字學叢稿》，第 161 頁。

衍文，當校為『移，送也』。」按羅氏以「時移送也」四句為句，
固無不通。

〔99〕 胡刻本有「夫以耿介拔俗之標」句。

〔100〕 胡刻本有「若其亭亭物表，皎皎霞外，芥千金而不眄，屣萬乘
其如脫」句，李善注引《史記》云：「秦軍引去，平原君乃置
酒，酒酣，起前，以千金為魯連壽，魯連遂辭平原君而去。」
羅國威謂底一「掌」當作「賞」。劉明云：「『燕』當作『趙』，
『子』當為『千』之訛。」羅氏又謂「永」下當補一「為」；劉
氏則云：「『永』當作『詠』。」按「竒」為「齊」之俗字，說
見《敦煌俗字研究》[51]。

〔101〕 胡刻本有「聞鳳吹於洛浦，值薪歌於延瀨」句，李善注引《列
仙傳》云：「王子喬，周靈王太子晉也[52]，好吹笙，作鳳鳴，遊
伊雒之間。」羅國威據此於底一「周靈」下補「王太」二字，
又謂「蕭」當作「簫」，「吾口聞」衍「口」字，「為取道舍猶吾」
當作「猶為取道舍吾」，「哥」當作「歌」。劉明云：「『浮兵』
當為『浮丘』之訛。『舍猶吾』當校為『猶捨吾』，言與道同
化。」「咲」字羅氏錄文作「笑」，是也，劉氏誤認成「嘆」。
「蘓」「怪」分別為「蘇」「怪」之俗字。「哥」「歌」古今字。

〔102〕 胡刻本有「豈期終始參差，蒼黃翻覆，淚翟子之悲，慟朱公之
哭，乍迴跡以心染，或先貞而後黷，何其謬哉」句，李善注
云：「終始參差，歧路也。蒼黃翻覆，素絲也。翟，墨翟也。
朱，楊朱也。《淮南子》曰：楊子見歧路而哭之，為其可以南

51　張涌泉《敦煌俗字研究》（第二版），第 932 頁。

52　「靈」字胡刻本原作「宣」，茲據胡克家《文選考異》說校改。

可以北。墨子見練絲而泣之，為其可以黃可以黑。高誘曰：閔
其別與化也。」羅國威謂底一「冬始差乎」當據正文作「終始
參差」，「譏終」衍「終」字，「分為多」下當補一「岐」字，「遂
法本同末異」當作「遂發本同末異之嘆」。劉明則謂「法」當
作「去」，以「遂去」二字為句。「曲」字羅氏認成「囲」，又
謂「慈」當作「絲」，「先」下當據正文補一「貞」字，「入塵俗」
三字不當重。按前後二「名」字羅、劉二氏錄文皆作「召」，
「名」為形訛字。

〔103〕　胡刻本有「尚生不存，仲氏既往」句。羅國威據《後漢書·逸
民傳》謂底一「娶男女娶妻論」當作「男女娶嫁既畢」。劉明
云：「『論』當為『訖』之訛，『娶男女娶妻論』當校為『男女
嫁娶訖』，據李周翰注『尚長字子平，男女嫁娶訖，便隱而不
出』句而改。」羅氏又謂「仲文長統」衍「文」字，「不几仕」
衍「几」字，「來」下當補一「往」字。劉氏則謂「來於閒」
當作「來於此間」。

〔104〕　胡刻本有「世有周子，雋俗之士」句。

〔105〕　胡刻本有「然而學遁東魯，習隱南郭」句，李善注云：「《莊子》
曰：魯君聞顏闔得道人也，使人以幣先焉。顏闔守陋閭，使者
至曰：此顏闔之家與？顏闔對曰：此闔之家。使者致幣，顏闔
對曰：恐聽謬而遺使者罪，不若審之。使者反審之，復來求
之，則不得矣。又曰：南郭子綦隱机而坐，仰天嗒然似喪其
偶。」羅國威謂底一「如人」二字誤倒，「魯侯住」衍「住」字
（羅氏誤認成「往」）。劉明云：「『遁東魯如人顏闔隱者』當校
為『遁東魯人如隱者顏闔』，『住』當作『使』。」羅氏疑「二」
下有脫文，又云：「『南郭子綦純南郭坐隱机』文意欠通，案

　　　　　　『純南郭』當是『隱南郭』之訛，又與『南郭子綦』誤倒。『坐』
　　　　　　與『隱机』誤倒。」劉氏則云：「『純』當為『遁』之訛，張銑
　　　　　　注曰：『隱，遁也。』『坐隱机』當校為『隱机坐』。」按「庄」
　　　　　　為「莊」之俗字。

〔106〕　胡刻本有「偶吹草堂，濫巾北嶽」句。羅國威謂底一「鍾」下
　　　　　　脫「山」字。按「顥」字羅氏錄文作「顥」，劉明同，「顥」為
　　　　　　形訛字。

〔107〕　胡刻本有「誘我松桂，欺我雲壑，雖假容於江皋，乃纓情於好
　　　　　　爵」句。

〔108〕　胡刻本有「其始至也，將欲排巢父，拉許由，傲百氏，蔑王
　　　　　　侯。風情張日，霜氣橫秋。或歎幽人長往，或怨王孫不遊」
　　　　　　句，李善注引《周易》云：「幽人貞吉。」羅國威謂底一「即吉」
　　　　　　二字當乙至「人」字之下，「在立幽立人」為「在幽隱之人」
　　　　　　之訛；劉明則云：「此句當校為『在立幽人，即吉』。」按「即
　　　　　　吉」疑當據正文作「始至」。「准」字羅、劉二氏皆錄作「淮」，
　　　　　　「淮」為形訛字。參見校記〔43〕。

〔109〕　胡刻本有「涓子不能儔」句。羅國威謂底「木」為「术」字之
　　　　　　訛。

〔110〕　胡刻本有「及其鳴騶入谷，鶴書赴隴」句，李善注云：「如淳
　　　　　　《漢書注》曰：騶馬以給騶使乘之。蕭子良《古今篆隸文體》
　　　　　　曰：鶴頭書與偃波書俱詔板所用，在漢則謂之尺一簡，髣髴鵠
　　　　　　頭，故有其稱。」羅國威謂底一「郭馬」之「郭」當作「廄」。
　　　　　　劉明云：「『涓』當作『謂』，『郭』當為『鄒』之訛，『鄒』與
　　　　　　『騶』古字通。」羅氏又謂「之人者」下誤衍「是言入谷來名
　　　　　　之」七字，「字曰」之「字」下有脫文，「招士」當作「招士」，

「以夾」當作「以來」，「藝之志」之「之」為「文」之誤字。諸「名」字羅、劉二氏皆錄作「召」，「名」為形訛字。「鸖」為「鶴」之俗字。「鳥人」疑當作「鳥書」，即所謂鳥蟲書，《漢書·藝文志》稱為「蟲書」。

〔111〕　胡刻本有「形馳魄散，志變神動」句。羅國威改底一「刑」字為「形」，又云：「『動』下原有『容』字，衍。『甚文』，『甚』當為『其』之形訛，『文』當為『聞』之聲訛。」

〔112〕　胡刻本有「抗塵容而走俗狀」句，「抗」字底一作「杭」，《說文·手部》：「抗，扞也。杭，抗或从木。」

〔113〕　胡刻本有「風雲悽其帶憤，石泉咽而下愴」句。

〔114〕　胡刻本有「至其紐金章，綰墨綬，跨屬城之雄，冠百里之首，張英風於海甸，馳妙譽於浙右」句。羅國威謂底一「塩有縣今」當作「海鹽縣令」，「旬」當作「甸」，「漸江」當作「浙江」。劉明云：「『漸江』即『浙江』。」按「塩」為「鹽」之俗字，說見《敦煌俗字研究》[53]，羅、劉二氏皆逕錄作「鹽」。

〔115〕　胡刻本有「《琴歌》既斷，《酒賦》無續。常綢繆於結課，每紛綸於折獄。籠張趙於往圖，架卓魯於前籙。希蹤三輔豪，馳聲九州牧」句，李善注：「范曄《後漢書》曰：卓茂字子康，南陽人也，遷密令，視人如子，吏人親愛而不忍欺。又曰：魯恭字仲康，扶風人也，拜中牟令，螟傷稼，犬牙緣界，不入中牟。」羅國威謂底一「魏志」至「秤能」當乙至「魯恭為中牟今」之下，「琴哥」至「斷獄」當乙至「益部」之上。羅氏又謂「琴哥」之「哥」為「歌」之壞字，「酒誰見」當作「酒賦」。

53　張涌泉《敦煌俗字研究》（第二版），第662頁。

劉明云：「『操』前恐有脫漏。『酒』後當有脫漏。」羅氏據《北堂書鈔》卷七八「虎即出界」條引《益州耆舊傳》「趙瑤為緱氏令，到任，虎負其子出界」，謂底一「撲」（羅氏錄文作「援」）當作「瑤」，「候氏今」當作「緱氏令」（其餘諸「今」字皆「令」之形訛）；又謂「積」當作「績」，「度阿」當作「渡河」，「子仲康」衍「仲」字。劉氏又謂「康為」下脫「密」字。按底一「度」不誤，「度」「渡」古今字。羅氏據《魏志》謂「有毅」當作「張既」。劉氏云：「『有毅』當為『游殷』之訛，《三國志・魏志・張既傳》裴松之注引《三輔決錄注》曰：『既為兒童，為郡功曹游殷察異之。』此當為注者誤記而訛。」羅氏謂「望与他」三字為衍文。按「秤能」之「秤」為「稱」之俗字，「断獄」之「断」為「斷」之俗字，分見《廣韻・證韻》、《干祿字書・上聲》[54]，羅、劉二氏皆徑錄作「稱」「斷」。「著舊記」之「著」為「耆」之形訛字，羅、劉二氏亦徑錄作「耆」。

〔116〕胡刻本有「昔聞投簪逸海岸，今見解蘭縛塵纓」句，李善注云：「蘭，蘭佩也。」羅國威謂底一「挍」當作「投」，「吉」當作「結」，「嬰」當作「纓」。按「珮」字羅氏錄文作「珮」，劉明同，「珮」為俗訛字。

〔117〕胡刻本有「於是南嶽獻嘲，北壠騰笑」句。「車」字底一實為左半偏旁，羅國威擬補為「轉」字，並謂「言因容此人轉來即」八字當乙至「南北」之上，「即」字則屬下為句。劉明則據《北山移文》下文「截來轅於谷口，杜妄轡於郊端」擬補為「轅」

54　《宋本廣韻》，第413頁；施安昌《顏真卿書干祿字書》，第39頁。

字，又謂「即」字當屬下文「素謁」為句。羅氏又謂「朝」為「嘲」之壞字。

〔118〕　胡刻本有「騁西山之逸議，馳東皋之素謁」句。「自」字底一實為上半偏旁，羅國威據正文擬補為「皋」。

〔119〕　胡刻本有「今又促裝下邑，浪拽上京」句，李善注云：「浪，猶鼓也。韋昭《漢書注》曰：拽，楫也。」羅國威謂底一「役從」當據正文作「促裝」，「上」當乙至「向」字之下。「役」字劉明錄文作「促」，云：「『促』後當脫漏『裝』字。」

〔120〕　胡刻本有「或假步於山局」句。羅國威謂底一「遇」為「過」之訛字。

〔121〕　胡刻本有「宜局岫幌，掩雲關」句。底一「客客」二字羅國威錄文作「容容」，謂當作「容客」。羅氏又謂「扁」為衍文；劉明則云：「『扁』當為『掩』之訛。」按「局」字羅、劉二氏皆據正文錄作「局」，「局」為形訛字。「閗」為「閉」之俗字，說見《玉篇・門部》[55]。下凡「閗」字同。

〔122〕　胡刻本有「請迴俗士駕，為君謝逋客」句。羅國威謂底一「逍」當據正文作「逋」，「遂」當作「逐」。「容」字羅氏錄文為「客」，「容」為形訛字。

橃也，明也。將欲出師，此之於雪。雪動則電出，故師先之以璬，比電光出。玄皎然以道理告喻之。六國時遊楚於，至楚相處，相失璧而怨秦盜之。故儀秦照王時為秦相，為一尺二寸璬楚相。玄其璬可明。璬自張儀如〔123〕。

55　《宋本玉篇》，第212頁。

當漢武帝建元五年，知通夜郎、慎池，遣中郎唐蒙賣帛遣詔，微巴蜀千人，兵糧送從。蒙在發万人，後誅巴蜀之渠師。蜀人大驚，故帝遣司馬相相如往檄以曉喻之[124]。

交臂，樊手[125]。

享，會也[126]。

于時有閩越王兵侵南越王胡塩界。南秦來，遣太子嬰齊入侍，欲誅去閩越。閩越弟聞漢助之，怖，煞其兄，与自來降[127]。

即，至也[128]。

不然者，畏有非常云，故衛之[129]。

烽，吏薪於桔擇，有急即舉。燧，積柴，望見急，熒之竹驚[130]。

荷兵，干戈[131]。

東予，在天下方方。天子在，諸煞一東。又一解云：漢封庄王皆在開東[132]。

重煩，重，難也[133]。

亟，急也。漢宜百姓曰縣，管蠻夷曰道[134]。

【校記】

〔123〕 底二起於此。此為《文選》文體分類名「檄」之注文。岡村繁據注末「其曒可明」句謂「檄也明也」當作「檄，曒也，明也」，又謂「此之」當作「比之」，「雪」當作「雷」，「以璬」當作「以檄」，前後二「玄」皆「言」之形訛，「楚於」當乙作「於楚」，「壁」當作「璧」，又云：「『照』乃『昭』之隸書手寫變體。據《史記》之《秦本紀》及《張儀列傳》，張儀入秦為相實為惠王時而非昭王時，此係作注者誤記所致。」岡村氏又謂「檄楚相」當作「檄楚相」，「曒自張儀如」之「曒」當作

「檄」、「如」當作「始」。

〔124〕　此為司馬相如《喻巴蜀檄》篇題之注文，李善注引《漢書》云：「相如為郎數歲，會唐蒙使略通夜郎、僰中，徵發巴蜀吏卒千人，郡又多為發轉漕萬餘人，用軍興法誅其渠率，巴蜀人大驚恐。上聞之，乃遣相如責唐蒙等，因喻告巴蜀人，以非上之意也。」岡村繁謂底二「五年」當據《史記・西南夷列傳》作「六年」，作注者誤記所致，「送從」當作「送運」。趙家棟《敦煌本〈文選注〉字詞考辨》云：「『送從』當為『送徙』。」[56]岡村氏又謂「秩」當作「郡」，「渠師」當作「渠帥」。「相相如」底二原作「相＝如」，岡村氏謂當作「相＝如＝」。按「知」疑「始」之形訛，「慎池」當作「滇池」，「微巴蜀」之「微」為「徵」之形訛字。

〔125〕　胡刻本有「交臂受事」句。岡村繁據五臣張銑注「交臂，拱手也」疑底二「樊」字當作「拱」。李梅云：「（拱手）似應校錄為『舉手』。」

〔126〕　胡刻本有「稽顙來享」句，李善注云：「《爾雅》曰：享，獻也。」

〔127〕　胡刻本有「移師東指，閩越相誅；右弔番禺，太子入朝」句。岡村繁謂底二「傎」當作「領」，「南秦」當作「南越」。按「塩」為「鹽」之俗字，岡村錄文作「壃」，「塩」為形訛字。

〔128〕　胡刻本有「不能自致」句，李善注云：「鄭玄《禮記注》曰：致之言至也。」正文「致」字五臣本及《史記》、《漢書》司馬

相如本傳並同[57]，與底二「即」不合。

〔129〕　胡刻本有「衛使者不然」句。

〔130〕　胡刻本有「聞烽舉燧」句。岡村繁謂底二「吏」當作「束」，「桔擇」當作「桔橰」，「熒以竹驚」當作「焚之以驚」。

〔131〕　胡刻本有「荷兵而走」句。

〔132〕　胡刻本有「位為通侯，處列東第」句，李善注云：「東第，甲宅也。居帝城之東，故曰東第。張揖曰：列東第在天子下方。」岡村繁謂底二「東予」當作「東第」，「在天下方方」當作「在天子下方也」，「天子在諸煞一東」當作「天子在西，諸侯在東」，「庄王」當作「侯王」。按「開」為「關」之俗字。下凡「開」字同。

〔133〕　胡刻本有「重煩百姓」句，李善注云：「重，難也。」

〔134〕　胡刻本有「亟下縣道」句，李善注云：「亟，急也。《漢書》曰：縣有蠻夷曰道。」岡村繁謂底二「亘」為「管」之壞字。

　　袁紹字本初，遣琳作檄，檄豫州刾史劉備，當与我同心与伐曹操，故言檄豫[135]。

　　漢封劉備為豫州、將軍。郡有守，國有相。並謂劉備處官等[136]。

　　冒疑免制，謂文王囚於羑里，使散閑等求寶物以賂紂，免時。立難慮權，渭伊尹廢太甲等。權，反經以合道。經，常也。皆權時為事[137]。

　　曩，向也。起高，胡亥即中，後合為承相。初，始皇死於沙近，書与太子扶蘇。趙高得書，改云始皇賜太子死。扶蘇得，遂自煞。高

57　《史記》第9冊，第3044頁；《漢書》8冊，第2577頁。

立胡亥為天子，而常語亥言：階下深能而亡，臣与階下為駈使臣。於是常閉二世，而高眉為威權，指鹿為馬，以蒲為脯，不由二世，欲減政。胡亥夜夢白虎齧其左其驂，以問卜師。卜師曰：經水為祟。胡亥遂居於望夷之宮，齋以祈涇水。高於是令女聟閻樂煞之於望夷。此言比曹操執權，假衛天子，如趙高、祿、產等。祖宗，秦之照公、孝公等[138]。

高帝崩後，呂后煞趙隱王如意，遂立姪兒產及弟祿，產為趙王，祿為梁王。二軍，漢將長安置南軍，故云二軍。周亞夫為北軍，劉屈來為南軍[139]。

絳侯，周勃。朱虛侯，劉章，高祖兒孝悼王子。取呂氏女妻，知呂謀絕劉，故取。因勃興能，因酒今煞呂氏，迎代王立為文帝，並是章、勃之功。太宗，文皇帝也[140]。

大臣立權，因劉等[141]。

左神、徐璜，皆獻帝小黃門名[142]。

嵩，夏侯氏子。曹騰為火長秋。騰閹人，無兒。故《曹傳》曰：騰是得夏侯譚足得夏侯譚子，昂嵩。故云乞工。漢時以賦買得官，故云興至、輸貨也[143]。

贅，之囚。言操本乞養之子。後閹，即騰，是黃門兒[144]。

幕府，即表紹也。幕府自衛青。衛青征凶奴，有獲有功，帝僖悅，遂就幕府封之，故云幕府。幕，大也。府，聚也[145]。

續盡卓者，袁紹當為虎賁中郎將，遭董卓起，乃是向開東，習陳軍取之，遂令聚開起義兵，欲誅卓。徐兖青曾孝四州合謀推紹為盟主。辝合兖州，俾墜其師[146]。

□亦謀也。神師，謂偏將軍。東夏侯，青兖等。英雄，即四州判史同盟者[147]。

秦師，孟明、白□、西乞述。既敗，穆公用之，冀有三年將拜君命之事[148]。

元，良善之民[149]。

邊讓如言操操不忠，於是煞之[150]。

射欲，徐州收陶讓曾煞操父，操志慾討煞之，往征不得，遂被還到來，習他呂布於下邳，為布所敗之，書奪兗州之地，唯有花、東河反鄄城在[151]。

強幹弱枚，謂更與操兵，使討諸賊陶、呂等。幹，操也。叛人，呂、陶也。甲，著申亦。言利兵領之，為操討呂布退，而收奪得操奪地[152]。

方伯，兗州刾史[153]。

言與兗土如惡刾史，而今因劣救得操，謂大造[154]。

奪駕反斾，謂董卓遷獻帝，布於長安。後卓死，後帝迎還都許。鸞，以鸞銓駕之於四馬車，以鳴節其行步[155]。

紹領北鄙之難，謂公孫瓚於并作難，紹討之。局，所守。袁紹遣動而操處，操注輔獻帝，治脩郊廟[156]。

我定瓚訖去也，操遂煞動而自翼帝，不受紹言。專行、裨徉等，道操執天之權。三臺，尚書、御史、秘書等[157]。

以目，相視[158]。

楊彪字文先，濃司空、司徒、太尉公，言典三司也[159]。

睚眦，當時彪去天子在操有執擢之心，彪喚操上殿，畏彪与天子謀煞己，遂託宿歸營，怨彪。又以彪妻袁氏之女，故記以他事，遂擊彪於獄，考掠榜箠。孔融聞彪被榜楚，來謂操曰楊公国之三公，故世冠冕，今為如此榜楚，恐傷物望。謂操曰國事如此融曰：國事如此。融曰：子為威，何國之有？孔融魯國男子，拂衣而去，明旦不復

朝其。操不得已而放之〔160〕。

梁孝，景帝弟，今言日比成文家。設取，操遣發其墓，耳金王兗軍遺。言唯邊松柏等在，猶宜恭敬，兄掘其墓乎〔161〕？

發冢也。摸，摸年擴之。言遣人冢，年擴之〔162〕。

聖朝，獻帝。獻帝聞聞大哭〔163〕。

方法外軒，謂任公孫瓚。弥縫，言其改悔〔164〕。

棟梁，三公，屬袁沼。忠，彪、趙彥等〔165〕。

住者紹討公孫瓚，公孫瓚非紹一年，文書命於瓚。行人，操行人。其昌不異，操也。王師，大將軍，謂紹〔166〕。

討并州，減藏瓚訖遣過蕩并州，減藏瓚訖，遣過蕩并州南地，名西山。屈各等，無並夷狄部浴〔167〕。

操既聞瓚破，遂走曰何〔168〕。

楚庄王昔乘車見蟷蜋承車輪。隆車墜，自謂，作謂豫州刺史劉備〔169〕。

言我外吉高幹從并州越大行山，命我譚從青州兵馬涉濟、緼之水，我大軍渡何而討操。拗，如逐庶而補之。角者，如一牧庶絹其角，才，擊其腳也。荊州，遣備從宛、葉二縣間來討操〔170〕。

魯庭，謂操處也〔171〕。

素揮，蟠〔172〕。

朝無一介之輔，《尚書》：穆公之：如有一介之臣。然斷也〔173〕。

方幾，天子邊。蕑練，忠臣有謀者。皆如獸之頭乘、鳥之翼翰然，不敢言，懼操〔174〕。

忠臣、列士，紹謂備等〔175〕。

建中將軍，劉表，為荊州刺史，比漢家孚。出州，沼中子尚〔176〕。

【校記】

〔135〕 此為陳琳《為袁紹檄豫州》篇題之注文，李善注引《魏志》云：「琳避難冀州，袁本初使典文章，作此檄以告劉備，言曹公失德，不堪依附，宜歸本初也。」底二後「与」字用為「而」，參見校記〔10〕。「俻」為「備」之俗字，《干祿字書·去聲》：「俻備，上俗下正。」[58] 下凡「俻」字同。

〔136〕 胡刻本有「左將軍領豫州刺史郡國相守」句，李善注引《蜀志》云：「先主歸陶謙，謙表先主為豫州刺史。後歸曹公，曹公表為左將軍。」

〔137〕 胡刻本有「蓋聞明主圖危以制變，忠臣慮難以立權」句，「圖危以制變」及「慮難以立權」各五字五臣本、《後漢書·袁紹傳》、《三國志·魏志·袁紹傳》裴松之注引《為袁紹檄豫州》並同[59]，與底二「啚疑免制」「立難慮權」不合（「啚」為「圖」之俗字，說見《干祿字書·平聲》[60]。「難」下底二留空一格）。岡村繁據《史記·周本紀》謂底二「羌」當作「姜」，「散閑」當作「散閎」，散指散宜生，閎指閎夭；又謂「免時」之「時」為「之」字音訛，「渭」當作「謂」。下凡「謂」之訛作「渭」者不復出校，底二其例甚夥。

〔138〕 胡刻本有「曩者彊秦弱主，趙高執柄，專制朝權，威福由己，時人迫脅，莫敢正言，終有望夷之敗，祖宗焚滅，汙辱至今」句，李善注引《史記》云：「秦二世夢白虎齧其左驂馬殺之，

---

58 施安昌《顏真卿書干祿字書》，第 46 頁。

59 《後漢書》第 9 冊，第 2393 頁；《三國志》第 1 冊，197 頁。以下凡引《三國志》裴注及《後漢書》所載《為袁紹檄豫州》，不復一一出注。

60 施安昌《顏真卿書干祿字書》，第 19 頁。

問占夢。卜〔曰〕：涇水為祟。二世乃齊望夷宮，欲祠涇水，
使使責讓趙高以盜事。高懼，乃陰與其女婿咸陽令閻樂數二
世，二世自殺。」岡村繁謂底二「起高」當作「趙高」，又云：
「『即』字顯係『郎』字形近而訛。『後合』二字當作『令後』，
於傳寫之際誤倒，而『令』又與『合』字形近，故訛。『承』
字因與『丞』形近而訛。」又謂「近」為「丘」之形訛字，「階
下」皆當作「陛下」，「眉」為「自」之形訛字，「減」為「滅」
之形訛字，「左其驂」衍「其」字，「經水為祟」當作「涇水為
祟」，「照公」當作「昭公」。按「駈」為「驅」之俗字，「聟」
為「壻」之俗字，分見《玉篇・馬部》及《干祿字書・去
聲》[61]。

〔139〕 胡刻本有「及臻呂后季年，產祿專政，內兼二軍，外統梁趙」
句。岡村繁謂底二「南軍」當作「南北軍」，又云：「『劉屈』
下的字，傳寫之際只剩左旁的『來』。遍檢《漢書》，姑以『劉
屈氂』作為敦煌注所引者。則此劉屈氂既無統『南軍』的經
歷，又非呂后時代之人。可見敦煌注的作者知識貧乏，撰著時
不用心。」按「來（来）」當是「氂」字俗寫「𣯶」之殘字，
參見校記〔81〕。

〔140〕 胡刻本有「於是絳侯、朱虛興兵奮怒，誅夷逆暴，尊立太宗」
句。岡村繁謂底二「酒今」當作「酒令」。

〔141〕 胡刻本有「此則大臣立權之明表也」句。底二「因劉」疑當作
「周劉」，指周勃、劉章。

〔142〕 胡刻本有「與左悺、徐璜並作妖孽」句。岡村繁謂底二「左神」

---

61 《宋本玉篇》，第 423 頁；施安昌《顏真卿書干祿字書》，第 48 頁。

當作「左悺」。

〔143〕 胡刻本有「父嵩乞匄攜養，因臟假位，輿金輦璧，輸貨權門」句，「假」字五臣本、《三國志》並同，《後漢書》作「買」，與底二合。岡村繁謂底二「火」為「大」字形訛，「滿」當作「瞞」，「足得夏侯譚」五字誤衍，「昴」當作「即」，又云：「蓋底本『匄』缺誤為『亡』，『亡』又訛作『工』。」又謂「賦」當作「臟」，「至」當作「金」。按「賦」或當作「臟」，「臟」「臟」異體字。

〔144〕 胡刻本有「操贅閹遺醜」句。底二「宍」岡村繁錄文作「肉」，謂「贅之肉」之「之」字為重文符號之誤，當作「贅，贅肉」。

〔145〕 胡刻本有「幕府董統鷹揚」句，李善注引《漢書音義》云：「衛青征匈奴，大克獲，帝就拜大將軍於幕中，因曰幕府。」岡村繁謂底二「表紹」當作「袁紹」。按敦煌吐魯番寫本彳、亻二旁混用，底二「征」為「征」字俗寫。下凡「征」字同。

〔146〕 胡刻本有「續遇董卓侵官暴國」句。岡村繁謂底二「盡」當據正文作「董」，「習」為「襲」之同音通假字。又謂「頟」為「馥」之俗字，「陳」當作「韓馥」，「聚開」下脫一「東」字，「曾孝」當作「冀豫」。

〔147〕 胡刻本有「於是提劍揮鼓，發命東夏，收羅英雄，棄瑕取用，故遂與操同諮合謀，授以禆師」句。岡村繁謂底二「亦」上脫一「諮」字，故留空一格，茲據補一缺字符。岡村又謂「神」為「禆」之形訛字。按「東夏侯」之「侯」字為衍文。「判」為「刾」之形訛字，岡村氏錄文作「刺」，「刾」為「刺」之俗字。

〔148〕 胡刻本有「冀獲秦師一尅之報」句，李善注云：「《左氏傳》

曰：秦孟明帥師伐晉，晉侯禦之，秦師敗績。又曰：秦伯伐
晉，濟河焚舟，取王官，及郊，晉人不出，遂霸西戎，用孟明
也。」岡村繁謂底二「白」下脫一「乙」字，故留空一格，茲
據補一缺字符。

〔149〕　胡刻本有「割剝元元」句，李善注云：「高誘《戰國策注》曰：
元元，善也。」岡村繁謂底二「元」當據正文作「元元」，脫落
重文符號所致。

〔150〕　胡刻本有「故九江太守邊讓，英才俊偉，天下知名，直言正
色，論不阿諂，身首被梟懸之誅，妻孥受灰滅之咎」句。「操
操」底一原作「操＝」，岡村繁懷疑重文符號當作「之」，又謂
「如言」二字當作「罸」。按「如言」或可據正文作「直言」。

〔151〕　胡刻本有「故躬破於徐方，地奪於呂布，徬徨東裔，蹈據無所」
句，李善注云：「《魏志》曰：陶謙為徐州刺史，太祖征謙，糧
少，引軍還。又曰：太祖與呂布戰於濮陽，太祖軍不利。」岡
村繁謂底二「射欲」當據正文作「躬破」，「收」為「牧」之形
訛字，「習」為「襲」之通假字，「下郢」當作「下邳」，「敗之」
當作「敗走」，「書」為「盡」字形訛，「花東河反」當作「范
東阿及」。按「敗之」似不必校改。又「陶讓」當作「陶謙」。

〔152〕　胡刻本有「幕府惟強幹弱枝之義，且不登叛人之黨，故復援旌
擐甲，席捲起征」句。岡村繁謂謂底二「枚」「攌」「申」分
別為「枝」「擐」「甲」之形訛字，「亦」當作「也」。

〔153〕　胡刻本有「復其方伯之位」句。

〔154〕　胡刻本有「則幕府無德於兗土之民，而有大造於操也」句。

〔155〕　胡刻本有「後會鑾駕反旆」句。岡村繁謂底二「奪」為「鑾」
之誤字，「布於」當作「都於」，「銓」為「鈴」之誤字。按「旆

字岡村氏錄文作「肺」，與胡刻本相同，《五經文字・㐱部》：
「肺，或從巾者訛。」[62]

〔156〕胡刻本有「時冀州方有北鄙之警，匪遑離局，故使從事中郎徐
勛就發遣操，使繕脩郊廟，翊衛幼主」句，李善注云：「《魏
志》曰：冀州牧韓馥以冀州讓紹，紹遂領冀州。謝承《後漢書》
曰：公孫瓚非紹立劉伯安，歙其眾攻紹。」岡村繁謂底二「動」
當作「勳」，胡刻本「勛」乃「勳」之古文；又疑「而」為「向」
之形訛字，「注」當作「往」。

〔157〕胡刻本有「操便放志專行，脅遷當御省禁，卑侮王室，敗法亂
紀，坐領三臺，專制朝政」句，李善注引應劭《漢官儀》云：
「尚書為中臺，御史為憲臺，謁者為外臺。」岡村繁謂底二
「天」下當補一「子」字。按「動」亦「勳」之形訛字，「俾」
當據正文作「卑」，「母」字《說文》以為古文「侮」，此蓋「侮」
之壞字。

〔158〕胡刻本有「道路以目」句。

〔159〕胡刻本有「故太尉楊彪，典歷二司，享國極位」句，李善注引
范曄《後漢書》云：「彪字文先，代董卓為司空，又代黃琬為
司徒。」正文「二司」五臣本、《後漢書》同，《三國志》作「三
司」，與底二合。岡村繁謂底二「濃」當據正文作「典歷」，
「公」上宜補「三」字。按「三」字可不遽補。

〔160〕胡刻本有「操因緣眥睚，被以非罪，榜楚參并，五毒備至，觸
情任忒，不顧憲網」句，「眥睚」二字五臣本同，《後漢書》、
《三國志》並作「睚眥」，與底二合。岡村繁謂底二「去天子」

62　《叢書集成初編》本，第79頁。

之「去」為「與」之誤字，「在操」之「在」為「恠」（「怪」字俗寫）之壞字，「擢」為「權」之形訛字，「託宿」當作「託病」，「記以」之「記」為「託」之形訛字，「擊」為「繫」之形訛字，「謂操曰國事如此」之「謂操」二字誤倒，「曰國事如此」誤衍，「朝其」當作「朝矣」。

〔161〕胡刻本有「又梁孝王先帝母昆，墳陵尊顯，桑梓松柏，猶宜肅恭。而操帥將吏士，親臨發掘，破棺裸尸，掠取金寶」句，李善注云：「《漢書》曰：孝文皇帝竇皇后生孝景帝、梁孝王武。《曹瞞傳》曰：曹操破梁孝王棺，收金寶，天子聞之哀泣。」正文「桑梓松柏」四字五臣本同，《後漢書》、《三國志》並作「松柏桑梓」，岡村繁據底二「惟〔墓〕邊松柏等在」謂「此敦煌注所據之《文選》正文當作『松柏桑梓』」。岡村氏又謂「日比戍文家」當作「昆弟大家」，云：「底本『日比』二字為『昆』字上下分寫而誤，『戍』字與『弟』的草寫體型近而訛，『文』與『大』形近而訛。」又謂「設取」當作「發取」，「耳」「王」「兄」分別為「取」「玉」「況」之壞字，「遺」當作「費也」二字，「邊」上脫一「墓」字。按「設取」或可據正文校為「掠取」。「窊」字岡村氏錄文作「充」，「窊」為形訛字。

〔162〕胡刻本有「操又特置發丘中郎將、摸金校尉」句。「摸摸」二字底二原作「摸二」，岡村繁云：「底本疊字號恐為『以』的殘誤，『年』與『手』形近而訛，『擴』為『摸』的誤寫。」

〔163〕胡刻本有「至令聖朝流涕，士民傷懷」句，在「掠取金寶」句後、「操又特置發丘中郎將、摸金校尉」句前（參見上兩條）。「獻帝獻帝聞聞」六字底二原作「獻＝帝＝聞＝」，岡村繁謂後一重文符號為「之」字形訛。

〔164〕 胡刻本有「幕府方詰外姦，未及整訓，加緒含容，冀可彌縫」
句，底二「奸」「弥」分別為「姦」「彌」之俗字。岡村繁謂
底二「法」為「詰」之形訛字。

〔165〕 胡刻本有「乃欲摧橈棟梁，孤弱漢室，除滅忠正，專為梟雄」
句。岡村繁謂底二「袁沼」當作「袁紹」，「（楊）彪、趙彥」
皆承《為袁紹檄豫州》上文而言。

〔166〕 胡刻本有「往者伐鼓北征公孫瓚，強寇桀逆，拒圍一年。操因
其未破，陰交書命，外助王師，內相掩襲。故引兵造河，方舟
北濟，會其行人發露，瓚亦梟夷，故使鋒芒挫縮，厥圖不果」
句。岡村繁謂底二「住者」當作「往者」，「非」當作「拒」，
「文」為「交」之誤字，其上宜補一「操」字，「異」為「果」
之形訛字。

〔167〕 胡刻本有「爾乃大軍過蕩西山，屠各左校皆束手奉質，爭為前
登」句。「大軍」二字五臣本同，岡村繁據底二上文「大將軍」
謂此《文選注》所據《為袁紹檄豫州》作「大將軍」，又謂底
二「減藏瓚訖遣過蕩并州」九字不當重複，「減藏」當作「緘
藏」。按「緘藏瓚訖」不辭，「減」蓋「滅」之形訛字，「藏」
字疑衍。岡村氏又謂「屈」為「屠」之形訛字，「無並」疑當
作「兼併」，「浴」為「落」之壞字。

〔168〕 胡刻本有「於是操師震慴，晨夜逋遁，屯據敖倉，阻河為固」
句。岡村繁謂底二「曰何」當據正文作「固河」。按「曰（因）」
字蓋不誤，「因河」即依河，亦即「阻河為固」之意。

〔169〕 胡刻本有「欲以蟣蝨之斧，禦隆車之隧」句。岡村繁謂底二
「墜」宜據正文作「隧」，「作」疑為「亦」之誤字。

〔170〕 胡刻本有「并州越太行，青州涉濟漯，大軍汎黃河而角其前，

荊州下宛葉而掎其後」句，李善注云：「《魏志》曰：袁紹出長子譚為青州，外甥高幹為并州[63]。《左氏傳》：狄子駒支曰：譬如捕鹿，晉人角之，諸戎掎之。」正文「角」字《後漢書》、《三國志》並同，五臣本作「掎」，與底二合，「掎」當是「角」之後起增旁字。岡村繁謂底二「吉」為「生」之形訛字，「生」與「甥」同，又謂「縕」為「漯」之誤字，「渡何」當作「渡河」，「掎」下宜據正文補一「掎」字，「庶」皆「鹿」之形訛字，「補」為「捕」之形訛字，「角者」當據上文作「掎者」，「一牧」為「取」字之裂，「絹」為「捐」之形訛字，「扌」為「掎」之殘字。按「潭」上宜補一「子」字。

〔171〕 胡刻本有「並集虜庭」句。岡村繁謂底二「魯」與「虜」通。按「魯」為音訛字。

〔172〕 胡刻本有「揚素揮以啓降路」句，李善注云：「《廣雅》曰：徽，幡也。徽與揮古通用。」岡村繁謂底二「蟠」為「幡」之誤字。

〔173〕 胡刻本有「方今漢室陵遲，綱維弛絕，聖朝無一介之輔，股肱無折衝之勢」句，李善注引《尚書》云：「秦穆公曰：如有一介臣。」岡村繁據《尚書·秦誓》「如有一介臣，斷斷猗無他伎，其心休休焉，其如有容」謂底二「然斷」當作「斷斷然」。按「然」疑為「絕」之誤字，「絕，斷也」釋「綱維馳絕」句。「穆公之」之「之」當是「云」之形訛字，底一、底二其例甚夥。

〔174〕 胡刻本有「方畿之內，簡練之臣，皆垂頭搨翼，莫所憑恃，雖

63　「幹」字胡刻本原作「翰」，茲據胡克家《文選考異》說校改。

有忠義之佐，脅於暴虐之臣，焉能展其節」句。岡村繁謂底二「幾」當作「畿」，「乘」「翰」分別為「垂」「搨」之形訛字，「懂」當作「懼」。

〔175〕 胡刻本有「此乃忠臣肝腦塗地之秋，烈士立功之會」句，「烈」字五臣本作「列」，與底二合。

〔176〕 胡刻本有「即日幽并青冀四州並進，書到荊州，便勒見兵，與建忠將軍恊同聲勢」句，李善注云：「《魏志》曰：紹以中子熙為幽州。」又云：「《魏志》曰：張繡以軍功稱，遷至建忠將軍，屯宛，與劉表合。」岡村繁謂底二「孚」為「之子」之誤。按「出州」當作「幽州」，「沼」為「紹」之形訛字。又袁尚為袁紹少子，此注云「中子」，誤。

吳檄是建安十七年依〔177〕。

苟或字文若，穎川人，淑之孫，琨理之字，漢尚書令，最有高名〔178〕。

困通者，《易》曰：困而有亨，君子之道〔179〕。

大雅君，謂正。《易》云：據其位西思其免〔180〕。

齊斧利，斬要斬頸，故言領。應云：齊斧，利也〔181〕。

始出卵而白不羽翅，翅有曰鷚〔182〕。

公子述字陽，王莽時作道江乎政，治臨即。後至王莽死後于，天下不乱，遂自号為蜀王，稱天号，以才於漢。遣將軍任滿斬木偃水守荊門。荊門在蜀，山極陰，有路讒通。今塞之，遣兵馬，滿臨山以守□門。漢光武建中，遣將軍岑彭往伐之急。滿下小將干正遂新滿首而隆岑，岑遂蜀〔183〕。

朝鮮，海糸因名〔184〕。

漢武帝遣接船將軍楊僕往討得之。而越南、越東漢時相煞，來降高祖[185]。

夫差与平公爭長於黃池，應鄭在外縣界，不覺越勾踐討破之[186]。

太尉，周亞夫，征濞於滎陽東，破之。七國，即吳楚反者。丹從，濞自被煞處，今閩州[187]。

二袁，述、紹[188]。

關中馬超、叔約等為乱也，太祖征破之，走。舉鋒東，渭与太祖等[189]。

丞相，魏不祖[190]。

楅，楅也[191]。

宋，為隴西、漢寧郡太守，漢中末，遂據漢抱罕，自稱為河首王。太祖遣夏侯開住滅之也[192]。

張魯，漢之將軍，腹平。魯本沛郡人，張後之陵孫。其人有道術，據已郡蜀。曹公往伐之，魯遣茅莫來，逆戰不下。後太祖軍退，待其懈慢，遂掩襲之，魯走巴中。當時欲共其妻子賜，後遂來降，太祖封為當陽侯，封其五子皆為左□、陽平縣。公子則公述[193]。

巴王朴音□降魏，魏封巴郡太太守，杜鑊封巴西守。胡、鑊，皆中女姓姓之族。寶邑，亦中之縣[194]。

金城，北地郡名[195]。

投棘剪刊，謂馬超、建之等賊也。戎，胡、鑊等。交事，國無事[196]。

承古，大祖[197]。

表術字公路，潛逆於壽，自号天子。潛，監也。逆獻帝之[198]。

將□布據下□，曹討之，共將張遼、侯成皆率眾來降[199]。

睢固，表紹將。薛洪、繆尚是固長史，皆先降，太祖皆官之[200]。

官度与紹相持。張舒、高喚皆緩之將軍，來奔〔201〕。

後討尚，謂紹死後，其次子尚立，後在鄴，州、陰、即等皆來降魏。鄴城，表尚所守處。劉配兄弟子名燄，開鄴門，納大將，遂得鄴城〔202〕。

素潭，幽州。焦解，譚將。表皁，紹小子〔203〕。

承相，操。衝，以車駕、梯衝而擊城者，言能破折之也。挈，取〔204〕。

此言，量也。言不可量〔205〕。

悅誘甘言，謂被撥誘而懷小惠，後將被大誅也〔206〕。

昔歲在漢中，謂征魯也。合配太守劉馥，太祖遣与五千兵守之。孫才鎮十万眾伐馥，不被，退也。▨▨（疾雷）為霆〔207〕。

天道助信者，《易》云：天道者順，人助者信也。能順處信，何往不復。故曰：自天祐之，吉無不利也〔208〕。

事上之渭義，士《易》。親親謂之仁，出《礼》〔209〕。

盛孝章為郡守，而權煞之，是無義〔210〕。

敬輔，權從兄。有權欲有天下之志，託權恐不成，遂遣人將書住魏，送書舉曹公：可夾江東，俱并此地。使人乃將書見權，与張照來，語輔曰：兄厭樂也，而欲向魏。輔曰：無之。權於忄中書，祖之，輔默無言。遂使從富陽，煞之。此所謂不親親也，号豈可謂信仁也〔211〕。

逋，逃也〔212〕。

伊摯，伊尹也。陽得伊尹，近之於桀，至，桀知不能用己，而還逃來向陽邊，凡三也。而不可渭棄桀為復義，知其不用賢也〔213〕。

飛廉，紂之惡臣，不知紂之惡臣，不知紂之無道而事之，守死於付，不可渭為仁也。不知去紂而歸周〔214〕。

深誰，慎也。魏、虞，皆江名族，並為權所煞也。虞文繡，翻文〔215〕。

魏周榮，即叔英之子。理沒林藪，言皆牧草莽也。堂構，即《尚書》之厥父堂，其子尚不為，其□肯構也。《春秋》曰：其父折薪，其子不克負荷。克，能。言父抑其薪，其子不肯負荷而歸〔216〕。

劇，苦也〔217〕。

鷦鴟，河婦鳥也。宋王說楚王：是國若此鳥。巢苕，苕摺子，渭江東渚侯附獲如附苕，若折即尒之國也〔218〕。

聖朝，謂魏也。弘曠民命，不即征之也。非賞之，謂來降者賞之〔219〕。

籌量我魏之大小，可來歸我，故言存易亡〔220〕。

蹊，道上。蹄，從等以捕虎物，以張之，虎觸著即継其腳足。虎存身，故齧其足而走。蹯，足也。蝮地，毒虵。螫著人手，即須斷去之，不然即毒引也。言汝江東諸將何以不絕蹯斷，以今大命，而与俱守，無為喪身之事也〔221〕。

於禍中自懷寧安也。復，反也〔222〕。

《大雅》詩：既明且哲，以保其身。先賢去就，伊尹去紂歸陽，陳平背項降漢等〔223〕。

忽，輕也。朝陽，《詩》云：鳳皇鳴矣，于被高崗；梧梧生矣，于彼朝陽。朝陽，鳳皇所栖云處。言尒諸一君，何不作鳳而西朝陽，謂降魏，而為吳作折葦苕也〔224〕。

大兵，魏兵也〔225〕。

【校記】

〔177〕　此為陳琳《檄吳將校部曲文》篇題之注文。岡村繁謂底二「依」

為「作」之形訛字，又云「建安十七年」與史實不符。

〔178〕 胡刻本有「尚書令或」句，李善注引《魏志》云：「荀或字文若，穎川人也，太祖進或為漢侍中，守尚書令。」岡村繁謂底二「或」為「彧」之誤字，「穎」當作「潁」，「琨理之字」當作「緄之子」。按「苟」字岡村氏徑錄作「荀」，「苟」為形訛字。

〔179〕 胡刻本有「臨事制變，困而能通，智者之慮也」句，李善注引《周易》云：「困而不失其所亨，其唯君子乎。」岡村繁謂底二「享」當作「亨」。

〔180〕 胡刻本有「是以大雅君子，於安思危，以遠咎悔」句。岡村繁謂底二「君」下宜據正文補一「子」字，「西」「免」分別為「而」「危」之形訛字。

〔181〕 胡刻本有「要領不足以膏齊斧」句，李善注引《漢書音義》云：「應劭曰：齊，利也。」岡村繁謂底二「領」上當據正文補一「要」字，所引應劭注衍「斧」字。

〔182〕 胡刻本有「譬猶鷇卵，始生翰毛」句。岡村繁謂底二「白不」當作「不有」，「翅有」當乙作「有翅」。

〔183〕 胡刻本有「子陽無荊門之敗」句，李善注引范曄《後漢書》云：「公孫述字子陽，自立為蜀王，遣任滿據荊門，帝令征南大將軍岑彭攻之，滿大敗。」岡村繁謂底二「公子述字陽」當作「公孫述字子陽」，又據《後漢書》公孫述本傳「為導江卒正，居臨邛」謂「『道』與『導』同，『政』與『正』通，『卒』誤作『乎』，『邛』誤作『即』」。按「道」「政」二字不妨徑視為誤字。岡村氏謂底二「死後于」之「于」字可乙至上文「後至」之下，「不」為「大」之形訛字，「扌」為「抗」之殘，「陰」

當作「嶮」，「今」為「令」之形訛字，「以守」下脫一「荊」
字，故留空一格，茲據補一缺字符。岡村氏又謂「建中」當作
「建武中」，「干正」當據《後漢書》作「王正」，「新」「隆」
分別為「斬」「降」之形訛字，「岑遂」下當補一「入」字。羅
國威云：「『讒』當為『纔』之訛。」按「莽」為「莽」之俗字，
說見《干祿字書・上聲》[64]。下凡「莽」字同。

〔184〕 胡刻本有「朝鮮之壘不刊」句。岡村繁謂底二「糸因」為「東
國」之誤。

〔185〕 胡刻本有「南越之旆不拔」句。岡村繁謂底二「接」為「樓」
之誤字。

〔186〕 胡刻本有「昔夫差承闔閭之遠跡，用申胥之訓兵，棲越會稽，
可謂強矣。及其抗衡上國，與晉爭長，都城屠於勾踐，武卒散
於黃池，終於覆滅，身罄越軍」句。岡村繁謂底二「應鄭在外
縣界」當作「應在鄭州縣界」，「鄭在」二字誤倒，「外」與
「州」草書形近致誤。

〔187〕 胡刻本有「太尉帥師甫下滎陽，則七國之軍瓦解冰泮，濞之罵
言未絕於口，而丹徒之刃以陷其胷」句。岡村繁謂底二「熒陽」
當作「滎陽」。按《文選集注》所載《檄吳將校部曲文》作「熒
陽」。「熒陽」字本當作「熒」，作「滎」者後人所改，考詳王
念孫《讀書雜誌・漢書第一》「滎陽」條[65]。岡村氏又謂「閏」
為「潤」之壞字。按「從」字岡村氏據正文錄作「徒」，「從」
為形訛字。

---

64 施安昌《顏真卿書干祿字書》，第43頁。

65 王念孫《讀書雜誌》，第181-182頁。

〔188〕 胡刻本有「強如二袁」句。岡村繁謂底二「述」為「術」之音訛字，疑涉上「公孫述」而致誤。

〔189〕 胡刻本有「近者關中諸將，復相合聚，續為叛亂，阻二華，據河渭，驅率羌胡，齊鋒東向，氣高志遠，似若無敵」句，「齊鋒」二字五臣本、《文選集注》並同，與底二「舉鋒」不合。岡村繁謂底二「叔約」為「韓約」之誤，「等」當作「對」。

〔190〕 胡刻本有「丞相秉鉞鷹揚」句。岡村繁謂底二「不」為「太」之形訛字。

〔191〕 胡刻本有「伏尸千萬，流血漂櫓」句。

〔192〕 胡刻本有「逆賊宋建，僭號河首」句，李善注引《魏志》云：「初，隴西宋建自稱河首平漢王，聚眾枹罕，夏侯淵討之，屠枹罕，斬建涼州。」岡村繁謂底二「漢中末」當作「漢中漢末」。按「中」字疑衍。岡村氏又謂「開」當作「淵」，「住」為「往」之誤字。

〔193〕 胡刻本有「又鎮南將軍張魯，負固不恭。……進臨漢中，則陽平不守，十萬之師，土崩魚爛，張魯逋竄，走入巴中，懷恩悔過，委質還降」句，李善注引《魏志》云：「西征張魯，至陽平，魯使弟衛據陽平關，公乃遣高祚等乘險夜襲，大破之。」岡村繁謂底二「腹」為「陽」之形訛字，其上當補一「軍」字，蓋傳寫脫落上「軍」字下重文符號；又謂「張後之陵孫」當作「張陵之孫」。「已郡蜀」之「郡」底二作「𨛳」，岡村氏錄文作「邞」，云：「『已』乃『巴』之訛，『邞』乃『都』字行書之訛。」按「已郡蜀」似可乙作「巴蜀郡」。「莫來」之「莫」疑當作「衛」（參見上引李善注）。岡村氏又云：「《三國志·魏書·張魯傳》：『封魯五子及閻圃等皆為列侯。』此注所謂『封

其五子皆為左□、陽平縣」，何所為據未詳。（公子則公述）五字非《文選》正文之注，當是後人對底本第九十二行『公子述』所加的批語。」

〔194〕 胡刻本有「巴夷王朴胡、賨邑侯杜濩，各帥種落，共舉巴郡，以奉王職」句，李善注云：「《魏志》曰：建安二十年，七姓巴夷王朴胡、賨邑侯杜濩舉巴夷、賨民來附，於是分巴郡，以胡為巴東太守，濩巴西太守。孫盛曰：朴音浮，濩音護。」正文「濩」字五臣本同，《文選集注》編纂者案語云：「今案：《鈔》、《音決》濩為鑊。」與底二合。「朴」字夾注直音底二僅存上字，岡村繁據上引孫盛音擬補下字為「浮」。岡村氏又謂「魏封巴郡太太守，杜鑊封巴西守」當作「魏封巴東郡太守，杜鑊封巴西太守」，「皆中女姓姓之族」當作「皆巴中七姓之族」，「賨」「电」分別為「賨」「巴」之誤字。

〔195〕 胡刻本有「焚首金城」句，李善注云：「《漢書》有金城郡。」

〔196〕 胡刻本有「今者枳棘翦扞，戎夏以清，萬里肅齊，六師無事」句，李善注云：「翦扞，翦除而防衛之也。杜預《左氏傳注》曰：扞，衛也。」正文「扞」字底二作「刊」，《文選集注》編纂者案語云：「今案：《音決》、五家、陸善經本扞為刊。」又「翦」字底二作「剪」，「剪」為「翦」之俗字，考詳《敦煌俗字研究》[66]。岡村繁謂底二「投」為「枳」之形訛字，「建」上宜補一「宋」字，「交事」當作「六無事」：「『交事』二字文意不通，誤。『交』當是『六』『×』二字誤合為一。『六』乃正文『六師』之『六』；『×』與『五』之古體相同，當時作『無』

---

66 張涌泉《敦煌俗字研究》（第二版），第325頁。

字之簡寫體。」按「交事」似可逕據正文校為「六師無事」，岡村氏之說殊嫌迂曲。

〔197〕 胡刻本有「丞相銜奉國威」句。岡村繁謂底二「承」乃「丞」字形訛，「古」乃「相」字草書之訛，「大」當作「太」。按「大」「太」古今字。

〔198〕 胡刻本有「昔袁術僭逆」句。岡村繁謂底二「表術」當作「袁術」，「潛」皆當作「僭」，「監」為「濫」之壞字，「逆」下脫一重文符號，「之」則「也」誤字，「逆獻帝之」當作「逆，逆獻帝也」。按「壽」下宜補一「春」字。

〔199〕 胡刻本有「呂布作亂，師臨下邳，張遼侯成，率眾出降」句。岡村繁謂底二前「將」字當作「時」，「布」當作「呂布」，「下」當作「下邳」，故底二「布」上、「下」下皆留空一格，茲據補兩個缺字符。岡村氏又謂「共」為「其」之誤字。

〔200〕 胡刻本有「還討睢固，薛洪、繆尚開城就化」句。「睢固」《後漢書·朱儁傳》作「畦固」，與底二合，岡村繁因此懷疑「當時之《文選》有一本作『畦』者也」。按「畦」當是「睢」之形訛字。岡村氏又謂底二「表紹」當作「袁紹」。

〔201〕 胡刻本有「官渡之役，則張郃、高奐舉事立功」句，胡克家《文選考異》云：「茶陵本云『五臣作渡』，袁本云『善作度』。案：尤本以五臣亂善，非。」是李善注本作「官度」，與底二合。又「高奐」五臣本同，《文選集注》載《文選鈔》作「高煥」，與底二「高喚」皆不合，「奐」「煥」「喚」同音。岡村繁謂底二「張舒」當據正文作「張郃」，「緩」為「紹」之誤字。

〔202〕 胡刻本有「後討袁尚，則都督將軍馬延、故豫州刺史陰夔、射聲校尉郭昭臨陣來降；圍守鄴城，則將軍蘇游反為內應，審配

兄子開門入兵」句，李善注引《魏志》云：「袁尚走中山，盡
獲其輜重印綬節鉞，使尚降人示其家，城中崩沮，審配兄子榮
夜開所守東城門內兵。」岡村繁疑底二「州」為「馬」之壞字，
又謂「即」為「郭」之形訛字，「表尚」當作「袁尚」，「劉配」
當作「審配」，「熒」當作「榮」，又云：「『兄弟』書面語謂兄
與弟，俗語則只有弟弟的意思，作『兄弟』與正文、《三國志·
魏書·武帝紀》、《後漢書·袁紹傳》並不合，『弟』字恐涉
『兄』字而衍。」

〔203〕　胡刻本有「既誅袁譚，則幽州大將焦觸攻逐袁熙，舉事來服」
句。底二「阜」實為左半偏旁，其上留空一格，岡村繁謂「表
□阜」當作「袁熙」，蓋此注作者誤以袁尚為袁紹中子、袁熙
為少子（參見校記〔176〕）。岡村氏又謂「素」當作「袁」，「解」
為「觸」之形訛字。按「潭」字岡村氏錄文作「譚」，「潭」為
形訛字。

〔204〕　胡刻本有「悉與丞相參圖畫策，折衝討難，芟敵搴旗，靜安海
內」句。岡村繁謂底二「承」當作「丞」。

〔205〕　胡刻本有「享不訾之祿」句。岡村繁謂底二「此言」為「訾」
字之裂。

〔206〕　胡刻本有「若夫說誘甘言，懷寶小惠，泥滯苟且，沒而不覺，
隨波漂流，與爐俱滅者，亦甚眾多」句，「說」字底二作
「悅」，「說」「悅」古今字。

〔207〕　胡刻本有「昔歲軍在漢中，東西懸隔，合肥遺守，不滿五千，
權親以數萬之眾，破敗奔走，今乃欲當禦雷霆，難以冀矣」
句。岡村繁謂底二「合配」當作「合肥」，左半偏旁「扌」實
為「權」字之殘，「被」可據《三國志·魏志·張遼傳》「權守

合肥十餘日，城不可拔，乃引退」（李善注正引此文）校為「拔」。按「被」蓋「破」之形訛字。「鎮」字岡村氏錄文作「領」，「鎮」為形訛字。「疾」字底二殘損下半，岡村氏據《爾雅·釋天》「疾雷為霆」擬補，茲從之。「雷」字右上角底二亦有殘損。

〔208〕胡刻本有「夫天道助順，人道助信」句，李善注引《周易》云：「天之所助者順也，人之所助信也。」岡村繁據《周易·繫辭上》謂底二「復」當作「履」，其說不可遽從。

〔209〕胡刻本有「事上之謂義，親親之謂仁」句。岡村繁謂底二「士」為「出」之壞字，「謂之」當據正文及上下文例乙作「之謂」。

〔210〕胡刻本有「盛孝章，君也，而權誅之」句。

〔211〕胡刻本有「孫輔，兄也，而權殺之」句。岡村繁謂底二「敬」當作「孫」，二字草書形近，「有權」當乙作「權有」，「舉」為「與于」二字之誤。按「舉」當是「與」之形訛字。岡村氏又謂「照」為「昭」字隸書手寫變體，「忄」為「懷」字之殘，其下「中」當作「出」，「祖之」當作「視之」，「從富陽」當作「徙富陽」，「号」為「吳」之形訛字。按「住魏」之「住」岡村氏錄文作「往」，「住」為形訛字。

〔212〕胡刻本有「乃神靈之遘罪」句。

〔213〕胡刻本有「是故伊摯去夏，不為傷德」句。岡村繁謂底二「陽」皆為「湯」之誤字，「桀知」誤倒，「復」為「傷」之形訛字。按「近」疑當作「進」。

〔214〕胡刻本有「飛廉死紂，不可謂賢」句。岡村繁謂底二誤衍「不知紂之惡臣」六字，「付」為「紂」之誤字。

〔215〕胡刻本有「丞相深惟江東舊德名臣，多在載籍。近魏叔英秀出

高峙，著名海內；虞文繡砥礪清節，耽學好古」句。岡村繁謂底二「誰」為「惟」之形訛字，「江」下脫「東」字，「翻文」之「文」為「父」之形訛字。

〔216〕胡刻本有「而周、盛門戶無辜被戮，遺類流離，湮沒林莽，言之可為愴然。聞魏周榮、虞仲翔各紹堂構，能負析薪」句，李善注云：「《吳志》曰：虞翻字仲翔。《尚書》曰：若考作室，既底法，厥子乃弗肯堂，矧肯構。《左氏傳》：鄭子產曰：古人有言曰：其父析薪，其子弗克負荷。」岡村繁云：「現存之《文選》各本並作『湮』，底本之『理』字是否為『湮』字之誤，不得而知。為尊重底本起見，將其改作與『理』酷似之『埋』字，恐往時俗間有作『埋』字之異本。『藪』現存《文選》各本並作『莽』，然《文選集注》校語云『今案：《鈔》莽為藪』，與此注本合。」岡村氏又謂底二「牧」為「沒」之形訛字，「尚書之」之「之」為「云」之形訛字，「不為」下「其」字疑衍，其下留空一格，可據《尚書‧大誥》補一「矧」字，茲據以擬補一缺字符。岡村氏又謂「折」當作「析」，俗寫扌、木二旁混用所致，「抑」則「析」之形訛字。

〔217〕胡刻本有「相隨顛沒，不亦哀乎」句，「哀」字《文選集注》作「劇」，與底二合。

〔218〕胡刻本有「鷦鳩之鳥，巢於葦苕，苕摺子破，下愚之惑也」句。岡村繁謂底二「鳩」為「鳩」之形訛字，「河」當作「巧」，「宋王」疑「宋玉」之誤，「葦」為「葦」之形訛字，「獲」為「權」之形訛字，「尔之」可校改為「亦亡」。按「渚」為「諸」之形訛字，「言」旁底卷往往作「氵」旁，涉草書而誤。「子」宜據正文補一「破」字。

〔219〕 胡刻本有「聖朝開弘曠蕩，重惜民命，誅在一人，與眾無忌，故設非常之賞，以待非常之功」句。岡村繁謂底二「非賞之」當作「非常之賞」。

〔220〕 胡刻本有「笮量大小，以存易亡，亦其次也」句，「笮」字《文選集注》作「箅」，與底二合。《干祿字書·去聲》:「笮箅，上俗下正。」[67]

〔221〕 胡刻本有「夫係蹄在足，則猛虎絕其蹯；虺蛇在手，則壯士斷其節。何則？以其所全者重，以其所棄者輕」句，李善注云:「延叔堅曰：係蹄，獸絆也。」正文「係」字五臣本、《文選集注》並同，與底二「蹊」不合。岡村繁謂底二「從等」或為唐代俗語，又據蔣禮鴻《敦煌變文字義通釋》云「継」與「繋」通。岡村氏又謂「地」為「虵」（「蛇」之俗字）之形訛字，「絕蹯斷」下脫一「節」字，「今」為「全」之誤字。

〔222〕 胡刻本有「若乃樂禍懷寧，迷而忘復」句。

〔223〕 胡刻本有「闇《大雅》之所保，背先賢之去就」句，李善注云:「《毛詩·大雅》曰：既明且哲，以保其身。」岡村繁謂底二「陽」為「湯」之形訛字。

〔224〕 胡刻本有「忽朝陽之安，甘折苕之末」句。岡村繁謂底二「被」為「彼」之形訛字，「梧梧」當作「梧桐」，「云處」當作「之處」，「一」字誤衍，「西」為「栖」之壞字，「作」為「所」之誤字。按「作」字似不誤。

〔225〕 胡刻本有「大兵一放」句。

---

67 施安昌《顏真卿書干祿字書》，第52頁。

檄蜀，魏陳留王景初罯代蜀〔226〕。

鍾會，繇之次子。十時薄蔣濟能相人，見之：汝時眸子極精，非常也。魏遣會為鎮西將軍，督率李將軍李輔、護軍將軍胡烈，征面將軍鄧艾等攻劍閣，五道併入。來時先為此檄檄之，然始伐之〔227〕。

分崩，離析〔228〕。

太祖，曹操廟号太祖，溢曰武帝。神妙無方，武定禍乱。《易》云：陽革命，應於天，順於民。撥，整理。拯，拔也。伊尹語陽云：爰造我正。又帝名不，廟号高祖。明祖名叡。重光，大明。恢，廣也。洪，大也〔229〕。

濟民，善民。未蒙王化，謂蜀土之民〔230〕。

領，眷領之懷也〔231〕。

今主上，是常道鄉公，降為陳留王，名景明者。惠，愛也。宰輔，太意屬馬文王〔232〕。

匪民，言獨不得為中國之好征民。西即會。雍州刺史王經。西即李輔等〔233〕。

有征，之不欲与之戰，欲說使知道義而伏之〔234〕。

干，楯，武舞。羽，即文舞舞者所執，鳥羽、髦牛尾為之〔235〕。

元元，善民也〔236〕。

益州先生，劉俻。起自幽州，後寄於表紹，在冀州不能安，又投呂布，困躓不能強，遂來詣高。高祖常渭之曰：天下英雄，与孤与子，表本初之輩不可足言。俻懼，遂奔荊州〔237〕。

出隴右，侵魏也〔238〕。

遑，暇也。九伐，《周□孔》、《大幼礼》大司馬以九伐政邦家：憑弱犯寡者眚灾之；賊賢害民則伐之，謂殷其君更之賢也；暴內陵外者懼之，如除盡知為燀然；政荒民散者削之，謂點其国；負不杖者侵

之，渭以兵密侵取之；賊煞之其親者正，渭正其善惡；放煞其君者殘之害；犯令違政者杜塞；內外有鳥獸之行者滅之也〔239〕。

乂，安也。邊境，渭魏之邊境。蓄，積也〔240〕。

段谷、侯和兩州云兵，數被我魏所權酌〔241〕。

《詩》云：庶民子來。如子來，言如子歸又也〔242〕。

蜀王煞，秦穆禽蜀王五丁力士〔243〕。

規，昌也〔244〕。

天覆，《礼礼》云：天無私覆〔245〕。

姜維將兵來破隴右、五差〔246〕。

鄧艾擊破之於段谷、侯和之地。《兵法》之：無擊正正之旗，伐堂堂之陣〔247〕。

宰輔，渭司馬文王〔248〕。

先加恩惠，不然後〔249〕。

壹，孫權之從弟之。騰胤乃孫林等謀煞，諸格來降，魏封為侯〔250〕。

司馬文王時伐蜀，不過有九万人，　守被備也，外不過有五万。今發十五万，必當禽獲蜀也〔251〕。

秦照王伐蜀，貶蜀王為侯。公孫述據蜀，以十万人守荊州門。漢使將岑彭伐之，元解〔252〕。

孫壹，攉之從姪兒，投魏，魏封孫一為司徒，故言上司〔253〕。

文欽，魏大將軍，与毌丘儉等反，投吳。唐浴，利人也。魏欲煞之，浮江投吳。諸葛誕於壽春反，魏往征之。吳使文欽、唐咨遂來救之。諸葛誕疑而將煞欽。戎，兵也。欽三子，一名鴦，一名虎，來降。唐咨亦降。有人勸司馬文王：何不煞欽二子？曰：不可煞，今欲懷來者。遂於之遣還故城。城上人云：欽子尚不煞之，我等何懼耳？

而不散及。不在意司馬文王見之如此，遂攻而魁之〔254〕。

　　陳平事項羽，為都尉之。揩，置也〔255〕。

　　令不改易農人之故畝隴，不迴改商人之市肆，言依舊也〔256〕。

【校記】

〔226〕　此為鍾會《檄蜀文》篇題之注文。岡村繁謂底二「景初」當作「景元」，景初為魏明帝年號，又謂「睪」為「四年」之合文，「代」為「伐」之形訛字。按俗寫「代」「伐」不分，不妨徑據文意錄定。

〔227〕　此為《檄蜀文》作者名之注文。岡村繁謂底二「十時薄」當作「主簿」。按似為「時主簿」之誤。岡村氏又謂「汝時」當作「汝之」，「秊」為「前」之誤字，「面」為「西」之形訛字。

〔228〕　胡刻本有「往者漢祚衰微，率土分崩」句。

〔229〕　胡刻本有「我太祖武皇帝神武聖哲，撥亂反正，拯其將墜，造我區夏；高祖文皇帝應天順民，受命踐祚；烈祖明皇帝奕世重光，恢拓洪業」句。岡村繁謂底二「溢」為「謚」之誤字，「革命」上脫「武」字，「語陽」之「陽」當作「湯」。按「陽革命」之「陽」岡村氏錄文作「湯」，實則底二凡「湯」字並誤作「陽」，參見校記〔213〕〔223〕。岡村氏又謂「又帝名不」當作「文帝名丕」，「明祖」當作「明帝」。

〔230〕　胡刻本有「率土齊民，未蒙王化」句。岡村繁謂底二「濟」為「齊」之誤字。

〔231〕　胡刻本有「此三祖所以顧懷遺志也」句。岡村繁謂底二「領」皆為「顧」之形訛字，前「顧（領）」下宜據正文補一「懷」字，「之」為「而」之誤字。

〔232〕 胡刻本有「今主上聖德欽明，紹隆前緒；宰輔忠肅明允，劬勞王室。布政垂惠，而萬邦協和」句。岡村繁謂底二「太意屬馬文王」當作「太尉司馬文王」。

〔233〕 胡刻本有「悼彼巴蜀，獨為匪民。……征西、雍州、鎮西諸軍，五道並進」句。岡村繁謂底二「征民」二字誤倒，「征（征）」當屬下「西即會」為句，又謂「鎮」為「鎮」之形訛字，而「王經」任雍州刺史在高貴鄉公時，此注作者誤記。

〔234〕 胡刻本有「王者之師，有征無戰」句。岡村繁謂底二前「之」字為「云」之形訛字。

〔235〕 胡刻本有「故虞舜舞干戚而服有苗」句。

〔236〕 胡刻本有「庶弘文告之訓，以濟元元之命」句。

〔237〕 胡刻本有「益州先主以命世英才，興兵朔野[68]，困躓冀徐之郊，制命紹布之手，太祖拯而濟之，興隆大好，中更背違，棄同即異」句。岡村繁謂底二「先生」當作「先主」，「表」皆「袁」之形訛字。「高高祖」底二原作「高＝祖」，岡村氏謂「祖」下脫一重文符號，而「高祖」當作「太祖」。

〔238〕 胡刻本有「姜伯約屢出隴右」句。

〔239〕 胡刻本有「未遑脩九伐之征也」句，李善注引《周禮》云：「以九伐之法正邦國：憑弱犯寡則眚之，賊賢害民則伐之，暴內陵外則壇之，野荒民散則削之，負固不服則侵之，賊殺其親則征之，放弒其君則殘之，犯令陵政則杜之，內外亂鳥獸行則滅之。」岡村繁謂底二「周□孔大幼礼」為「周禮大戴禮」之誤。

---

68 「朔」字胡刻本原作「新」，茲據胡克家《文選考異》說校改，《文選集注》正作「朔」。

　　按《大戴禮・朝事》雖有「明九伐之法以震威之」句，然此注下文皆據《周禮・夏官・大司馬職》，「周囗孔大幼礼」不妨徑校改為「周禮」二字。岡村氏又謂「青」當作「眚」，「謂𣪠其君更之賢也」之「𣪠」「之」分別為「廢」「立」之形訛字，「憚」「煇」皆當作「墠」，「除盡知」之「知」當作「之」，「點」為「黜」之誤字，「負不杖」當作「固負不伏」，「賊煞之其親者正」之「之」當乙至「正」下，「殘之害」之「之」當乙至「害」下。

〔240〕　胡刻本有「今邊境乂清，方內無事，蓄力待時，併兵一向」句。底二「乂」岡村繁錄文作「又」，實即「乂」字俗寫。

〔241〕　胡刻本有「段谷、侯和沮傷之氣，難以敵堂堂之陣」句。岡村繁謂底二「云」為「之」之形訛字，「權酌」當作「摧衄」。

〔242〕　胡刻本有「征夫勤瘁，難以當子來之民」句，李善注引《毛詩》云：「經始勿亟，庶民子來。」岡村繁謂底二「又」當作「父」。

〔243〕　胡刻本有「蜀侯見禽於秦」句。岡村繁謂底二「丁力」當作「万（萬）」。按底二「五丁力士」當不誤，《藝文類聚》卷七《山部上》引《蜀王本紀》：「天為蜀王生五丁力士，能獻（徙）山。秦王獻美女與蜀王，蜀王遣五丁迎女，見一大虵入山穴中，五丁並引蛇，山崩，秦五女皆上山化為石。」卷九六《鱗介部上》又引《蜀王本紀》：「秦惠王欲伐蜀，蜀王好色，乃獻美女五人。蜀王遣五丁迎女，還至梓潼，見一大虵入山穴中，一丁引其尾，不能出，五丁共引虵，山崩，壓五丁，五丁踏虵而大呼。」[69]

〔244〕　胡刻本有「明者見危於無形，智者規福於未萌」句。

69　歐陽詢《藝文類聚》，第121、1665頁。

〔245〕 胡刻本有「今國朝隆天覆之恩」句，李善注引《禮記》云：「孔子曰：天無私覆，地無私載。」底二「礼礼」原作「礼＝」，岡村繁謂重文符號誤衍。按「礼＝」當作「礼記」，抄手殆誤將「記」字認成「礼」。

〔246〕 胡刻本有「姜伯約屢出隴右」句，底二上文已加注解，參見校記〔238〕。底二「五差」二字岡村繁錄文作「互差」，並謂當作「氐羌」。

〔247〕 胡刻本有「段谷、侯和沮傷之氣，難以敵堂堂之陣」句，底二上文已加注解，參見校記〔241〕。岡村繁謂底二「兵法之」之「之」為「云」之誤字。

〔248〕 胡刻本有「今國朝隆天覆之恩，宰輔弘寬恕之德」句，底二上文已注前半句，參見校記〔245〕。

〔249〕 胡刻本有「先惠後誅，好生惡殺」句。岡村繁謂底二「不然後」當作「不服然後誅」。

〔250〕 胡刻本有「往者吳將孫壹舉眾內附，位為上司，寵秩殊異」句，李善注引《吳志》云：「孫壹為江夏太守，及孫綝誅滕胤、呂據，據、胤皆壹之妹夫也，綝遣朱異潛襲壹。異至武昌，壹知其攻己，率部曲將胤妻奔魏，魏以壹為車騎將軍，封吳侯。」岡村繁謂底二「從弟之」之「之」為「也」之形訛字，「騰胤乃孫林等謀煞」當作「滕胤及孫綝等謀煞」，並謂即「及孫綝謀煞滕胤」之意。按此似可校改為「及滕胤等〔被〕孫綝謀煞」。岡村氏又謂「煞」下脫一重文符號，「諸格」當作「諸葛恪」。

〔251〕 胡刻本有「而巴蜀一州之眾，分張守備，難以禦天下之師」句，在「今邊境乂清，方內無事，蓄力待時，併兵一向」句

後、「段谷侯和沮傷之氣，難以敵堂堂之陣」句前（參見校記〔240〕〔241〕）。岡村繁謂底二「伐蜀」之「蜀」字下脫一重文符號，「　守被俻」當作「分守張備」。

〔252〕　胡刻本有「蜀侯見禽於秦，公孫述授首於漢」句，底二上文已注前半句，參見校記〔243〕。岡村繁謂底二「照」為「昭」之俗寫，「荊州門」衍「州」字，「元」為「支」字之誤。

〔253〕　胡刻本有「往者吳將孫壹舉眾內附，位為上司，寵秩殊異」句，底二上文已加注解，參見校記〔250〕。岡村繁謂底二「一」當作「壹」。按「摧」字岡村氏錄文作「權」，「摧」為形訛字。

〔254〕　胡刻本有「文欽、唐咨為國大害，叛主讎賊，還為戎首。咨困偪禽獲，欽二子還降，皆將軍封候，咨豫聞國事」句。岡村繁謂底二「利人」之「利」下脫「城」字，「三子」當作「二子」，「遂於之」之「之」疑為「是」之壞字，「懂耳」當作「懼耶」，「不散及」當作「不敢反」，「不在意」與上文「太意」類似，疑為「太尉」之誤（參見校記〔232〕）。按「浴」字岡村氏據正文錄作「咨」，「浴」為形訛字。

〔255〕　胡刻本有「措身陳平之軌」句。岡村繁謂底二「之」為「也」之形訛字，底二多有其例。

〔256〕　胡刻本有「農不易畝，市不迴肆」句。

　　《難蜀文》，司馬相如。武帝建元六年，南越王相攻，漢使太行王忄正之，末以相煞。平後，漢武使唐蒙使南越，王銅蒙醬，蒙美之，問何處得此味。越□王曰：牂柯南有夜郎國出之。蒙歸，乃上書清開夜郎之：越大富饒，今南方稱蕃，不文國家，柯通船，令請開夜郎，并舉蜀兵船下，城可得之。帝乃遣唐蒙往開，二三年，開輸辛苦，蜀

入怨嗟。司馬卿既見蜀人如此，乃此文，上以諷天子，下喻曉蜀人不須□勞苦也[257]。

六世，說高祖、武，凡六世七十八年[258]。

汪濊，泙澤之兒。湛，深也。洋溢也，言思歸多[259]。

西征，通夜郎等。使，即唐蒙。略入其地曰略。攘，除。略，取。披靡，言皆順從也[260]。

舟、馬，皆柯縣名。卭、莋，皆蜀地縣名。苞滿，蜀地名[261]。

結軌還轅，反迴轅也。將東向報蜀都相如[262]。

為廿七人，亦風進曰者，蜀老人[263]。

苦辛苦**㥯**輸，故六夷狄天子之收青。羈縻不絕，所以遂如此使之辛苦[264]。

三群，臨卭、犍為、越巂。竟，可也。贍，結也[265]。

使者，蜀耆老謂使人：若大事不成，恐為使人之累。左右，使人之左右，不斥言[266]。

並，俱与舊來數世。雖仁德之君，不以德而來歸之，兵強之亦不畏其力而歸之。言皆不歸從也[267]。

齊民，国之善民，謂蜀自道。夷狄，即夜即等。所持，蜀也。無用，夜[268]。

鄙人等，蜀耆老自謂。所謂，言何意[269]。

烏，安也。不變服，不變天子之化，俗不易改也[270]。

若，汝，渭蜀廿七人。大，言王者意大，非等所知[271]。

余之行急，言我為使急，不可一聞之。大夫，蜀人[272]。

非常人，天子。非常事，通夜郎。常人所思，即謂蜀父老。元，本也。焉，言不側之[273]。

及其成功，即孚之安加也。故遂引禹初治水時難，後百姓得力也

〔274〕。

沸蒲□〔275〕。

夏氏，禹。戚，憂。慄，寒也。漸，分也。澹，搖之〔276〕。

今之歸，豈唯民苦，禹親其勞〔277〕。

禹治水，櫛鳳沐雨。腠，毛孔。言勤苦，毛孔中皆生胝。胈，陛裏白肉，皆枯末好白也。言辛苦也。膚，皮膚，毛皆洛〔278〕。

休，美。列，葉。淡也干茲，言至于漢〔279〕。

言賢君如禹及漢武，豈喔齰等小兒，皆欲大其國事〔280〕。

嵩，高。門，大。渭開夜郎〔281〕。

兼客苞舉，言傍通天下。《易》之：三天兩地。天陽，故三；地偶，故言二地〔282〕。

侵淫衍溢，言多▨（恩）澤〔283〕。

今封墇，謂中夏及蜀寸〔284〕。

夷狄殊俗，即夜郎等〔285〕。

父兄無辜罪而被煞也。言蠻夷皆然。無有主當，故被保累，皆號泣向中國也〔286〕。

言道既之等，聞中國有至仁，謂武帝。靡，無。為遺己，棄夜明之民而不教之〔287〕。

戾，當為臺隸字〔288〕。

消，責。四▨（面）□□，▨▨（猴）、憤池，願歸漢孚号〔289〕。

味、若水上為開。徼，繞為柵塢。牂柯，郡名。言為開柵也。鏤者，鏤鑿通之，今▨通中國。縣原，火名。言樏區來歸漢，繞領得之〔290〕。

袁撫長駕，謂撫御得夜郎等路開。逖，遠也。▨開塞之，使通。昒蒲沒，闇也。爽，明也。昒爽明昧，謂狂〔291〕

（後缺）

【校記】

〔257〕 此為司馬相如《難蜀父老》篇題之注文。岡村繁謂底二「難蜀
文」之「文」為「父」之形訛字。按「文」字蓋不誤，李善注
中或稱《難蜀文》。岡村氏又謂「忄正」為「恢征」之壞字，「使
南越」之「南越」二字宜重，「銅」為「餉」之形訛字，「越」
與「王曰」之間底二留空一格，「越□王曰」當作「南越王
曰」，茲擬補一缺字符。岡村氏又謂「清開夜郎之」之「清」
「之」分別為「請」「云」之形訛字，「蕃」當作「藩」。按「蕃」
「藩」古今字，底二「蕃」字蓋不誤。岡村氏又謂「不文國家」
之「文」為「父」字形訛，「令」當作「今」，「入」當作「人」，
「卿」上脫「長」字，「乃此文」之「乃」疑「為」字草書之誤，
「不須」下脫「厭」或「怨」字，故底二留空一格，茲擬補一
缺字符。按「竭」為「蒟」字之訛，岡村氏徑錄作「蒟」。

〔258〕 胡刻本有「漢興七十有八載，德茂存乎六世」句，李善注云：
「六世，謂自高祖至武帝。」

〔259〕 胡刻本有「威武紛紜，湛恩汪濊，群生霑濡，洋溢乎方外」
句。岡村繁疑底二「泙」為「深」之闕誤，「洋溢也」之「也」
為正文「乎」之標示，參見校記〔279〕。按「也」不妨徑視為
訛字。

〔260〕 胡刻本有「於是乃命使西征，隨流而攘，風之所被，罔不披靡」
句。岡村繁云：「底本『略入其地曰略』與『略，取』兩注，
就今本《文選》而言，非此條正文之注，當為下文『略斯榆』
之注，恐注者錯亂所致。」

〔261〕胡刻本有「因朝冉從駹，定筰存邛，略斯榆，舉苞蒲」句，
「筰」字五臣本、《文選集注》並同，《史記‧司馬相如列傳》
作「莋」，《漢書‧司馬相如傳》作「莋」[70]，皆與底二「拃」
不合。敦煌吐魯番寫本扌、木二旁混用，此「拃」當是「柞」
字俗寫；而「筰」「莋」則因俗書⺮、艹二旁混用所致。《周禮‧
夏官‧司兵職》鄭玄注「《士喪禮下篇》有甲胄干筰」，陸德明
《經典釋文》：「筰，字又作莋。」[71]《考工記》鳧氏為鍾云「侈
則柞」，孫詒讓《周禮正義》云：「《典同》云『侈聲筰』，筰、
柞聲近字通。」[72]又正文「苞蒲」二字五臣本、《漢書》同，《文
選集注》、《史記》「蒲」作「滿」，與底二合。《史記索隱》云：
「『滿』字或作『蒲』也。」蓋二字形近，俗寫往往無別。底二
「馬」實為左半偏旁，岡村繁據正文擬補為「駹」，又謂「舟」
為「冉」之形訛字。

〔262〕胡刻本有「結軌還轅，東鄉將報，至于蜀都」句。岡村繁謂底
二「榇」皆「轅」之形訛字。

〔263〕胡刻本有「耆老大夫搢紳先生之徒二十有七人，儼然造焉，辭
畢，進曰」句，「進」上《史記》尚有一「因」字，底二「風」
疑即「因」之形訛字。「廿」則「二十」之合文，敦煌吐魯番
寫本多作「廿」。

〔264〕胡刻本有「蓋聞天子之牧夷狄也，其義羈縻勿絕而已」句，
「羈」字底二作「羇」。《說文‧网部》：「羈，馬絡頭也。羈，

70　《史記》第9冊，第3049頁；《漢書》第8冊，第2583頁。以下凡引《史記》、《漢
　　書》所載《難蜀父老》及各家注文，不復一一出校。

71　陸德明《經典釋文》，第129頁。

72　孫詒讓《周禮正義》，第3269頁。

罵或从革。」段注云：「今字作羈，俗作羈。」[73]岡村繁謂底二前「苦」字誤衍，「六」當作「云」，「收青」為「牧養」之誤。按「<ruby>犒</ruby>」即「轉」字草書。

〔265〕胡刻本有「今罷三郡之士，通夜郎之塗，三年於茲，而功不竟，士卒勞倦，萬民不贍」句。岡村繁謂底二「群」當作「郡」，「結」為「給」之形訛字。

〔266〕胡刻本有「此亦使者之累也，竊為左右患之」句。底二「斥」字通俗作「斥」，《說文‧言部》「譖（訴）」篆段注云：「凡從『庐』之字隸變為『斥』，俗又誤『斥』。」[74]

〔267〕胡刻本有「且夫邛笮西夷之與中國並也，歷年茲多，不可記已，仁者不以德來，強者不以力并」句。「歸從」二字底二原作「從歸」，其間尚有一小字「己」。岡村繁云：「『從』『歸』之間的小字『己』，恐為誤倒記號之訛。」茲徑乙改。岡村氏又疑「亦」為「士」之誤字，「畏」與「威」音義並同，威脅之意。按「兵強之」下疑脫一「君」字。

〔268〕胡刻本有「今割齊民以附夷狄，敝所恃以事無用」句。岡村繁謂底二「夜即」當作「夜郎」，「持」為「恃」之形訛字，「無用夜」下脫「郎等」二字。

〔269〕胡刻本有「鄙人固陋，不識所謂」句。岡村繁謂底二「等」當乙至上條注末。參見上條。

〔270〕胡刻本有「烏謂此乎？必若所云，則是蜀不變服而巴不化俗也」句。

73　段玉裁《說文解字注》，第356頁。

74　段玉裁《說文解字注》，第100頁。

〔271〕　胡刻本有「僕常惡聞若說，然斯事體大，固非觀者之所覯也」句。岡村繁謂底二「等」上脫一「汝」字。

〔272〕　胡刻本有「余之行急，其詳不可得聞已，請為大夫粗陳其略」句。岡村繁謂底二「一」字宜重，云：「『一一』，逐一之意。作『一一』方與正文之『詳』字相應。」

〔273〕　胡刻本有「蓋世必有非常之人，然後有非常之事；有非常之事，然後有非常之功。夫非常者，固常人之所異也。故曰非常之原，黎民懼焉」句，張揖注云：「非常之事，其本難知，眾民懼也。」正文「原」字五臣本、《史記》並同，《漢書》作「元」，與底二合。「元」「原」音同義近。岡村繁謂底二「思」字當據正文作「異」，「側」為「測」之誤字。按「㥽」當是「懼」之形訛字。

〔274〕　胡刻本有「及臻厥成，天下晏如也」句。岡村繁謂底二「乎」「加」分別為「受」「如」之形訛字。

〔275〕　胡刻本有「昔者洪水沸出，氾濫衍溢」句。「沸」字夾注音切底二僅存上字「蒲」。然「沸」為常用字，似無煩注音；且「沸」為非紐字，「蒲」則並紐字，清濁有異。考《難蜀父老》正文「溢」字《文選集注》作「溢」，李善引《漢書》舊注云：「張揖曰：溢，溢也。郭璞《三蒼解詁》曰：溢，水聲也。《字林》匹寸切。」李氏自注云：「古《漢書》為『溢出』，今《漢書》為『衍溢』也。」是胡刻本「溢」字蓋襲自五臣本，合於「今《漢書》」。《集注》載《音決》云：「溢，普混反；又步寸反。」首音「普混反」即上揭《字林》「匹寸反」之上聲，滂紐，而又音「步寸反」正屬並紐。然則底二「沸」字疑當作

「溢」。不過濁音清化為唐五代西北方音的特徵之一[75]，也不排除「沸」字不誤的可能性。

〔276〕 胡刻本有「夏后氏感之，乃堙洪塞源，決江疏河，灑沈澹災」句，「感」字五臣本同，《文選集注》、《史記》、《漢書》作「戚」，與底二相合，「戚」「感」古今字。「灑」字《漢書》同，五臣本、《文選集注》作「漸」，與底二相合，《史記》則作「漉」。《漢書》顏師古注云：「疏，通也。灑，分也。沈，深也。澹，安也。言分散其深水，以安定其災也。灑音所宜反。」考「灑」字《廣韻》所綺、所蟹、砂下、所寄四切；陸德明《經典釋文》有二音，一同《廣韻》上聲蟹韻所蟹切，一同《廣韻》「洒」字音去聲卦韻所賣切[76]。顏氏音注與《釋文》、《廣韻》皆不合。而《漢書・揚雄傳》所載《河東賦》有「灑沈菑於豁瀆兮」句，即化用自司馬相如《難蜀父老》「灑沈澹災」，顏注云：「灑，分也。菑，古災字也。灑音所宜反。」[77]「灑」字音、義前後相同，蓋無訛誤。按《墨子・兼愛中》「洒為底柱」孫詒讓注云：「『洒』與下文『灑』同，當讀所宜反。洒即謂分流也。」又下文「灑為九澮」注云：「『灑』『醨』字通。《漢書・溝洫志》云：『禹廝醨二渠以引其河。』注孟康云：『醨，分也。分其流，泄其怒也。』《史記・河渠書》『醨』作『廝』，索隱云：『廝，《漢書》作灑，《史記》舊本亦作灑，字從水。韋昭云：疏決為灑。』此與《史》、《漢》舊本字正同。《漢書・

---

75 邵榮芬《敦煌俗文學中的別字異文和唐五代西北方音》，《邵榮芬音韻學論集》，第292-295頁。

76 參見許建平師《法藏敦煌〈毛詩音〉「又音」考》，《敦煌文獻叢考》，第146-147頁。

77 《漢書》第11冊，第3538頁。

司馬相如傳》『決江疏河，灑沈澹災』，顏注云：『灑，分也，所宜反。』」[78] 孫氏之說足見高明。《說文·酉部》：「釃，下酒也。」段注云：「引申為分疏之義，《溝洫志》云『釃二渠以引河』是也。《司馬相如傳》借『灑』。」又水部：「灑，汛也。」段注云：「引申為凡散之稱。」[79]「釃」「灑」應是同源詞。「釃」字《廣韻》所宜、所菹、所綺三切，S.2071《切韻箋注》平聲支韻「釃」字注云：「下酒。所宜反，又山尒反。」上聲紙韻所綺反（即山尒反）及平聲魚韻色魚反（即《廣韻》所菹切）二小韻皆未收「釃」，是「釃」字本僅「所宜反」一音。前揭《漢書·溝洫志》顏注云「釃音山支反」[80]，山支、所宜二反並生紐支韻。然則顏師古、孫詒讓二氏謂「灑」字當讀所宜反者，實破讀為「釃」。而五臣本、《文選集注》及底二《難蜀父老》之「漸」，可視為「灑（釃）」在「疏決分流」義項上的假借字，《史記·河渠書》「廝」可為參證。至於《史記·司馬相如列傳》之「漉」，則大概只是「灑」之壞字。裴駰集解引徐廣說云：「漉，一作灑。」司馬貞索隱云：「漉沈澹菑。漉音鹿。菑音災。《漢書》作『漸沈澹災』，解者云：『漸作灑。灑，分也，音所綺反。澹，安；沈，深也。澹音徒暫反。』」[81] 蓋皆以為「漉沈澹災」不可通。岡村繁謂底二「慄」「寒」分別為「堙」「塞」之形訛字。

〔277〕 胡刻本有「東歸之於海，而天下永寧。當斯之勤，豈惟民哉？

78　孫詒讓《墨子閒詁》，第 108、109 頁。

79　段玉裁《說文解字注》，第 747、565 頁。

80　《漢書》第 6 冊，第 1676 頁。

81　《史記》第 9 冊，第 3050 頁。

心煩於慮，而身親其勞」句。岡村繁謂底二「今之歸」當作「令歸之」。

〔278〕 胡刻本有「躬腠胝無胈，膚不生毛」句。岡村繁謂底二「鳳」為「風」之誤字，「陛」當作「腓」，「洛」為「落」之壞字。

〔279〕 胡刻本有「故休烈顯乎無窮，聲稱浹乎于茲」句，「烈」字底二作「列」，岡村繁云：「敦煌寫本中，『列』與『烈』通用，底本作『列』不誤。」又謂底二「葉」當作「業」，「淡」「干」分別為「浹」「于」之形訛字，「也」則正文「乎」之標示，參見校記〔259〕。

〔280〕 胡刻本有「且夫賢君之踐位也，豈特委瑣喔齰，拘文牽俗，脩誦習傳，當世取說云爾哉」句，「喔齰」二字《文選集注》同，五臣本作「齷齪（齪）」，《史記》、《漢書》作「握齪」。底二「皃」為「兒」之形訛字，據《說文》，「皃」小篆隸定字，「貌」籀文隸定字。

〔281〕 胡刻本有「必將崇論吰議」句，「吰」字五臣本、《文選集注》、《史記》作「閎」，《漢書》作「紘」，底二「門」當是「閎」之壞字[82]。「崇」字底二作「嵩」，岡村繁云：「此二字通用。」按《說文·山部》新附：「嵩，中嶽嵩高山也。韋昭《國語注》云：古通用崇字。」然「嵩」字不用為「崇」，底二「嵩」不妨徑視為訛字。

〔282〕 胡刻本有「故馳騖乎兼容并包，而勤思乎參天貳地」句。岡村繁謂底二「客」當據正文作「容」，「之」為「云」之形訛字。

〔283〕 胡刻本有「浸淫衍溢」句。岡村繁謂底二「侵」當據正文作

82　「吰」為「紘」字壞字，考詳拙著《古抄本〈文選集注〉研究》，第184頁。

「浸」。

〔284〕 胡刻本有「今封疆之內」句。岡村繁謂底二「墦」為「壿」之
誤字，「壿」則「疆」之俗字，又「寸」為「也」之殘字。按
「壿」「疆」皆「畺」之增旁字。「寸」即「等」之草書，底一
不乏其例。

〔285〕 胡刻本有「而夷狄殊俗之國」句。

〔286〕 胡刻本有「父老不辜，幼孤為奴虜，係縲號泣，內嚮而怨」
句，「父老」二字五臣本同，《文選集注》、《史記》、《漢書》
並作「父兄」，與底二相合。「縲」字五臣本、《文選集注》同，
《史記》作「纍」，《漢書》作「絫」。此作「纍」為正字，「縲」
則後起別體；「絫」為「纍」之假借字，底二「累」則「絫」
之俗字。岡村繁謂底二「保」為「係」之形訛字。

〔287〕 胡刻本有「蓋聞中國有至仁焉，德洋恩普，物靡不得其所，今
獨曷為遺己」句。岡村繁謂底二「既」「明」皆為「郎」之誤
字，「為」上殘字（僅存一豎畫）可據正文補作「曷」。按「狨
」當是「夜」之增旁俗字。

〔288〕 胡刻本有「戾夫為之垂涕」句。

〔289〕 胡刻本有「故北出師以討強胡，南馳使以誚勁越，四面風德，
二方之君鱗集仰流，願得受號者以億計」句。底二「四面」下
留空兩格，岡村繁云：「恐為原本正文之『風德』二字，或為
其譯文之『化德』二字。」茲擬補兩個缺字符。「狼」二字底二
略有漫漶，「掖」字據底二上文擬補。岡村氏又謂「消」當據
正文作「誚」，「慎」為「滇」之形訛字，「孚」當作「受」。

〔290〕 胡刻本有「故乃關沫若，徼牂柯，鏤靈山，梁孫原」句，「牂
柯」二字五臣本同，《文選集注》作「牸柯」，與底二合；《史

記》、《漢書》則分作「牂柯」「牂牁」。「羘」為「牂」之訛俗
字，俗書「爿」「牛」二部每見相亂，說見《敦煌俗字研究》[83]。
梁章鉅《文選旁證》云：「『牁』當作『柯』，見《漢書‧地理
志》，注：『係船杙也。』」[84]「柯」「牁」皆後出俗字。岡村繁
謂底二「味」當據正文作「沬」，「今」似「令」之形訛字，其
下一字不可辨識，或為「鑿」字；又謂「縣」「火」分別為「孫」
「水」之形訛字，「樔區」「繞領」語義未詳。李梅云：「『繞』
或當校錄為『統』，形近而誤。」

〔291〕　胡刻本有「將博恩廣施，遠撫長駕，使疏逖不閉，曶爽闇昧得
耀乎光明」句，「曶」即底二「昒」之偏旁易位字，《說文》作
「昒」。考「昒」字《廣韻》入聲沒韻「呼骨切」、物韻「文弗
切」二音，一為曉紐，一為微紐。李善注云「《字林》音勿」，
與《廣韻》「文弗切」合；《文選集注》載《音決》云「曶音
忽」，與《廣韻》「呼骨切」合。底二「蒲沒」則為並紐沒韻，
與《廣韻》「呼骨切」韻同聲異，未審所據。岡村繁謂底二「袁」
為「遠」之壞字，「開塞之」之「開」疑當作「閉」；其上一字
不可辨識，岡村氏錄文作「不」。

83　張涌泉《敦煌俗字研究》（第二版），第633頁。
84　梁章鉅《文選旁證》，第130頁。

主要參考文獻

（一）書籍

B

〔1〕　《巴黎敦煌殘卷敘錄》，王重民著，此據黃永武主編《敦煌叢刊初集》第9冊，臺北：新文豐出版公司，1985年。

〔2〕　《巴黎國家圖書館藏敦煌漢文寫本注記目錄》（*Catalogue des Manuscrits chinois de Touen-Houang，fonds Pelliot chinois de la Bibliothèque nationale*）第1、5卷，〔法〕謝和耐、吳其昱、蘇遠鳴等編著，巴黎，1970、1995年。

〔3〕　《巴黎圖書館敦煌書目》，〔法〕伯希和編，羅福萇譯，《國學季刊》第1卷第4號（1923年12月）、第3卷第4號（1932年12月）。

〔4〕　《巴黎圖書館敦煌寫本書目》，〔法〕伯希和編，陸翔譯，《國立北平圖書館館刊》第7卷第6號（1933年11、12月）、第8卷第1號（1934年1、2月）；此據書目文獻出版社影印本第7、8冊，

1992 年。

〔5〕　《白氏六帖事類集》，（唐）白居易編，北京：文物出版社，
　　　1987 年影印宋刻本。

〔6〕　《碑別字新編》，秦公輯，北京：文物出版社，1985 年。

〔7〕　《北京圖書館藏中國曆代石刻搨本彙編》，北京圖書館金石組
　　　編，鄭州：中州古籍出版社，1989 年。

〔8〕　《北史》，（唐）李延壽撰，北京：中華書局，1974 年。

〔9〕　《北堂書鈔》，（隋）虞世南編，董治安主編《唐代四大類書》
　　　第 1 冊，北京：清華大學出版社，2003 年。

〔10〕　《柏林吐魯番收集品中的漢語文書研究》（ベルリン・トルファ
　　　ン・コレクション漢語文書研究），〔日〕西脇常記著，作者自
　　　刊本，1997 年。

C

〔11〕　《初學記》，（唐）徐堅等著，北京：中華書局，1962 年。

〔12〕　《楚辭補注》，（宋）洪興祖撰，北京：中華書局，1983 年。

〔13〕　《春秋左氏傳校勘記》，（清）阮元撰，《清經解》第 5 冊，上
　　　海：上海書店，1988 年。

〔14〕　《辭通》，朱起鳳撰，上海：上海古籍出版社，1982 年。

D

〔15〕　《大戴禮記彙校集注》，黃懷信主撰，孔德立、周海生參撰，西
　　　安：三秦出版社，2004 年。

〔16〕　《大谷文書集成》第 4 卷，〔日〕小田義久責任編集，京都：法
　　　藏館，2010 年。

〔17〕　《德國所藏吐魯番漢語文書》（ドイツ將來のトルファン漢語文

書），〔日〕西脇常記著，京都：京都大學學術出版會，2002 年。

〔18〕　《德國吐魯番探險隊西域美術展》（ドイツ・トゥルファン探險隊西域美術展），東京國立博物館、京都國立博物館、東京朝日新聞社編集，東京：朝日新聞社，1991 年。

〔19〕　《讀卷校經：出土文獻與傳世典籍的二重互證》，許建平著，杭州：浙江大學出版社，2014 年。

〔20〕　《讀書雜誌》，（清）王念孫撰，《高郵王氏四種》之二，南京：江蘇古籍出版社，2000 年。

〔21〕　《敦煌本文選注》，東京細川氏永青文庫印行，1965 年。

〔22〕　《敦煌本〈文選注〉箋證》，羅國威著，成都：巴蜀書社，2000 年。

〔23〕　《敦煌本〈昭明文選〉研究》，羅國威著，哈爾濱：黑龍江教育出版社，1999 年。

〔24〕　《敦煌變文字義通釋》，蔣禮鴻著，《蔣禮鴻集》第 1 卷，杭州：浙江教育出版社，2001 年。

〔25〕　《敦煌賦彙》，張錫厚著，南京：江蘇古籍出版社，1996 年。

〔26〕　《敦煌賦校注》，伏俊連著，蘭州：甘肅人民出版社，1994 年。

〔27〕　《敦煌古籍敘錄》，王重民著，北京：中華書局，1979 年。

〔28〕　《敦煌劫餘錄續編》，北京圖書館善本組編，內部排印本，1981 年。

〔29〕　《敦煌經部文獻合集》，張涌泉主編、審訂，張涌泉、許建平、關長龍撰，北京：中華書局，2008 年。

〔30〕　《敦煌經籍敘錄》，許建平著，北京：中華書局，2006 年。

〔31〕　《敦煌秘籍留真》，〔日〕神田喜一郎輯，此據黃永武主編《敦煌叢刊初集》第 13 冊，臺北：新文豐出版公司，1985 年。

〔32〕　《敦煌祕籍留真新編》，〔日〕神田喜一郎輯，此據黃永武主編《敦煌叢刊初集》第 13 冊，臺北：新文豐出版公司，1985 年。

〔33〕　《敦煌俗字典》，黃征著，上海：上海教育出版社，2005 年。

〔34〕　《敦煌俗字研究》（第二版），張涌泉著，上海：上海教育出版社，2015 年。

〔35〕　《敦煌吐魯番本文選》，饒宗頤編，北京：中華書局，2000 年。

〔36〕　《敦煌文書學》，林聰明著，臺北：新文豐出版公司，1991 年。

〔37〕　《敦煌文獻避諱研究》，竇懷永著，蘭州：甘肅教育出版社，2013 年。

〔38〕　《敦煌文獻叢考》，許建平著，北京：中華書局，2005 年。

〔39〕　《敦煌文學文獻叢稿》，伏俊璉著，北京：中華書局，2004 年。

〔40〕　《敦煌西域文獻舊照片合校》，李德範校錄，北京：北京圖書館出版社，2007 年。

〔41〕　《敦煌寫本文獻學》，張涌泉著，蘭州：甘肅教育出版社，2013 年。

〔42〕　《敦煌新出唐寫本提要》，劉師培撰，《劉申叔遺書》，南京：江蘇古籍出版社，1997 年。

〔43〕　《敦煌學大辭典》，季羨林主編，上海：上海辭書出版社，1998 年。

〔44〕　《敦煌學五十年》，〔日〕神田喜一郎著，高野雪、初曉波、高野哲次譯，北京：北京大學出版社，2004 年。

〔45〕　《敦煌學新論》，榮新江著，蘭州：甘肅教育出版社，2002 年。

〔46〕　《敦煌遺書總目索引》，商務印書館編，北京：中華書局，1983 年。

〔47〕　《敦煌遺書總目索引新編》，敦煌研究院編，施萍婷主撰稿，北

京：中華書局，2000 年。

〔48〕《敦煌遺書最新目錄》，黃永武著，臺北：新文豐出版公司，1986 年。

〔49〕《敦煌音義匯考》，張金泉、許建平著，杭州：杭州大學出版社，1996 年。

E

〔50〕《俄藏敦煌漢文寫卷敘錄》，〔俄〕孟列夫主編，袁席箴、陳華平譯，上海：上海古籍出版社，1999 年。

〔51〕《俄藏敦煌文獻》，俄羅斯科學院東方研究所聖彼得堡分所、俄羅斯科學出版社東方文學部、上海古籍出版社合編，上海：上海古籍出版社，1992-2001 年。

〔52〕《爾雅詁林》，朱祖延主編，武漢：湖北教育出版社，1996 年。

〔53〕《爾雅校箋》，周祖謨撰，南京：江蘇教育出版社，1984 年。

〔54〕《爾雅校勘記》，（清）阮元撰，《清經解》第 6 冊，上海：上海書店，1988 年。

〔55〕《爾雅義疏》，（清）郝懿行撰，上海：上海古籍出版社，1983 年。

F

〔56〕《法藏敦煌書苑精華》，饒宗頤編，廣州：廣東人民出版社，1993 年。

〔57〕《法藏敦煌西域文獻》，上海古籍出版社、法國國家圖書館合編，上海：上海古籍出版社，1995-2005 年。

〔58〕《方言箋疏》，（清）錢繹撰集，北京：中華書局，1991 年。

G

〔59〕 《甘肅藏敦煌文獻》，段文傑主編，蘭州：甘肅人民出版社，1999 年。

〔60〕 《古抄本〈文選集注〉研究》，金少華著，杭州：浙江大學出版社，2015 年。

〔61〕 《古籍版本學概論》，嚴佐之著，上海：華東師範大學出版社，1989 年。

〔62〕 《古書疑義舉例五種》，（清）俞樾等著，北京：中華書局，1956 年。

〔63〕 《古文尚書撰異》，（清）段玉裁撰，《續修四庫全書》第 46 冊，上海：上海古籍出版社，1995 年。

〔64〕 《古文字詁林》，李圃等主編，上海：上海教育出版社，第 1-12 冊，1999-2004 年。

〔65〕 《古字通假會典》，高亨纂著，董治安整理，濟南：齊魯書社，1989 年。

〔66〕 《故訓彙纂》，宗福邦、陳世鐃、蕭海波主編，北京：商務印書館，2003 年。

〔67〕 《觀堂集林》，王國維著，北京：中華書局，1961 年。

〔68〕 《廣雅詁林》，徐復主編，南京：江蘇古籍出版社，1992 年。

〔69〕 《廣雅疏證》，（清）王念孫撰，《高郵王氏四種》之一，南京：江蘇古籍出版社，1984 年。

〔70〕 《國家圖書館藏敦煌遺書》，中國國家圖書館編，北京：北京圖書館出版社，2005-2012 年。

〔71〕 《國語集解》，徐元誥撰，北京：中華書局，2002 年。

H

〔72〕《海錄碎事》，（宋）葉廷珪撰，北京：中華書局，2002 年。

〔73〕《海外敦煌吐魯番文獻知見錄》，榮新江著，南昌：江西人民出版社，1996 年。

〔74〕《韓詩外傳箋疏》，屈守元箋疏，成都：巴蜀書社，1996 年。

〔75〕《漢書》，（漢）班固撰，北京：中華書局，1962 年。

〔76〕《漢書補注》，（清）王先謙撰，上海：上海古籍出版社，2008 年。

〔77〕《漢語大字典》，漢語大字典編輯委員會編纂，武漢：崇文書局，成都：四川辭書出版社，2010 年第 2 版。

〔78〕《漢語俗字研究》（增訂本），張涌泉著，北京：商務印書館，2010 年。

〔79〕《漢語語音史》，王力著，北京：中國社會科學出版社，1985 年。

〔80〕《後漢書》，（南朝宋）范曄撰，北京：中華書局，1965 年。

〔81〕《淮南鴻烈集解》，劉文典撰，北京：中華書局，1989 年。

〔82〕《淮南子集釋》，何寧撰，北京：中華書局，1998 年。

J

〔83〕《積微居小學述林》，楊樹達著，北京：中國科學院，1954 年。

〔84〕《集韻》，（宋）丁度等編，上海：上海古籍出版社，1985 年。

〔85〕《集韻校本》，趙振鐸著，上海：上海辭書出版社，2012 年。

〔86〕《甲骨文字集釋》，李孝定編述，臺北：「中央研究院」歷史語言研究所，1970 年。

〔87〕《江文通集彙注》，（明）胡之驥注，北京：中華書局，1984 年。

〔88〕《校勘學概論》，張涌泉、傅傑著，南京：江蘇教育出版社，

2007 年。

〔89〕　《金文編》，容庚編著，北京：中華書局，1985 年。

〔90〕　《晉書》，（唐）房玄齡等撰，北京：中華書局，1974 年。

〔91〕　《經典釋文》，（唐）陸德明撰，北京：中華書局，1983 年。

〔92〕　《經典釋文彙校》，黃焯撰，北京：中華書局，1980 年。

〔93〕　《經典文字考異》，（清）錢大昕撰，《嘉定錢大昕全集》第 1
　　　　冊，南京：江蘇古籍出版社，1997 年。

〔94〕　《經義述聞》，（清）王引之撰，《高郵王氏四種》之三，南京：
　　　　江蘇古籍出版社，2000 年。

〔95〕　《經韵樓集》，（清）段玉裁撰，《段玉裁全集》之二，南京：鳳
　　　　凰出版社，2010 年。

〔96〕　《經傳釋詞》，（清）王引之撰，黃侃、楊樹達批點，長沙：岳
　　　　麓書社，1985 年。

〔97〕　《舊唐書》，（後晉）劉昫等撰，北京：中華書局，1975 年。

K

〔98〕　《孔叢子》，（漢）孔鮒撰，《四部叢刊初編》本，上海：上海書
　　　　店，1989 年。

〔99〕　《孔子家語》，（三國魏）王肅編著，鄭州：中州古籍出版社，
　　　　1991 年。

〔100〕　《匡謬正俗平議》，（唐）顏師古撰，劉曉東平議，濟南：山東
　　　　大學出版社，1999 年。

L

〔101〕　《老學庵筆記》，（宋）陸游撰，北京：中華書局，1979 年。

〔102〕　《隸辨》，顧藹吉撰集，北京：中國書店，1982 年。

〔103〕《聯綿字典》，符定一著，北京：中華書局，1954 年。

〔104〕《梁書》，（唐）姚思廉撰，北京：中華書局，1973 年。

〔105〕《列子集釋》，楊伯峻撰，北京：中華書局，1979 年。

〔106〕《劉子校釋》，傅亞庶撰，北京：中華書局，1998 年。

〔107〕《龍龕手鏡》，（遼）釋行均編，北京：中華書局，1985 年。

〔108〕《羅振玉校刊羣書敘錄》，羅振玉撰，揚州：江蘇廣陵古籍刻
　　　印社，1998 年。

〔109〕《倫敦藏敦煌漢文卷子目錄提要》，台灣中國文化大學中國文
　　　學研究所敦煌學研究小組編，金榮華總負責，臺北：福記文化
　　　圖書公司，1993 年。

〔110〕《論語校勘記》，（清）阮元撰，《清經解》第 6 冊，上海：上
　　　海書店，1988 年。

〔111〕《論語義疏》，（南朝梁）皇侃撰，北京：中華書局，2013 年。

〔112〕《呂氏春秋新校釋》，陳奇猷校釋，上海：上海古籍出版社，
　　　2002 年。

　　　M

〔113〕《毛詩後箋》，（清）胡承珙撰，合肥：黃山書社，1999 年。

〔114〕《毛詩校勘記》，（清）阮元撰，《清經解》第 5 冊，上海：上
　　　海書店，1988 年。

〔115〕《毛詩傳箋通釋》，（清）馬瑞辰撰，北京：中華書局，1989
　　　年。

〔116〕《鳴沙石室古籍叢殘》，羅振玉輯，1917 年影印本；收入黃永
　　　武主編《敦煌叢刊初集》第 8 冊，臺北：新文豐出版公司，
　　　1985 年。

〔117〕《莫高窟年表》，姜亮夫著，上海：上海古籍出版社，1985年。

〔118〕《墨子閒詁》，（清）孫詒讓撰，北京：中華書局，2001年。

N

〔119〕《南齊書》，（南朝梁）蕭子顯撰，北京：中華書局，1972年。

〔120〕《南史》，（唐）李延壽撰，北京：中華書局，1975年。

P

〔121〕《篇海類編》，（明）宋濂撰（託名），《續修四庫全書》第229-230冊，上海：上海古籍出版社，1995年。

Q

〔122〕《切韻音系》，李榮著，北京：科學出版社，1956年。

〔123〕《秦文字通假集釋》，劉鈺、袁仲一編著，西安：陝西人民教育出版社，1999年。

〔124〕《全上古三代秦漢三國六朝文》，（清）嚴可均校輯，北京：中華書局，1958年。

〔125〕《羣書治要》，（唐）魏徵編，《四部叢刊初編》本，上海：上海書店，1989年。

R

〔126〕《日本國見在書目錄詳考》，孫猛著，上海：上海古籍出版社，2015年。

〔127〕《日藏弘仁本文館詞林校證》，羅國威整理，北京：中華書局，2001年。

S

〔128〕 《三國志》，（晉）陳壽撰，北京：中華書局，1964 年。

〔129〕 《山海經箋疏》，（清）郝懿行著，成都：巴蜀書社，1985 年。

〔130〕 《山海經校注》，袁珂校注，北京：北京聯合出版公司，2014
年最終修訂版。

〔131〕 《上古音手冊》，唐作藩編著，北京：中華書局，2013 年增訂
本。

〔132〕 《尚書今古文注疏》，（清）孫星衍撰，北京：中華書局，1986
年。

〔133〕 《尚書文字合編》，顧頡剛、顧廷龍輯錄，上海：上海古籍出
版社，1996 年。

〔134〕 《詩毛氏傳疏》，（清）陳奐撰，北京：中國書店，1984 年。

〔135〕 《詩三家義集疏》，（清）王先謙撰，北京：中華書局，1987
年。

〔136〕 《十駕齋養新錄》，（清）錢大昕撰，《嘉定錢大昕全集》第 7
冊，南京：江蘇古籍出版社，1997 年。

〔137〕 《十三經注疏》，（清）阮元校刻，北京：中華書局，1980 年。

〔138〕 《史諱舉例》，陳垣撰，北京：科學出版社，1958 年。

〔139〕 《史記》，（漢）司馬遷撰，北京：中華書局，1982 年第 2 版。

〔140〕 《史記斠證》，王叔岷撰，北京：中華書局，2007 年。

〔141〕 《世說新語箋疏》，余嘉錫箋疏，北京：中華書局，2007 年第
2 版。

〔142〕 《釋名匯校》，任繼昉纂，濟南：齊魯書社，2006 年。

〔143〕 《釋名疏證補》，（漢）劉熙撰，（清）畢沅疏證，王先謙補，
北京：中華書局，2008 年。

〔144〕 《書目答問補正》，（清）張之洞撰，范希曾補正，上海：上海古籍出版社，2001 年。

〔145〕 《水經注校證》，陳橋驛校證，北京：中華書局，2007 年。

〔146〕 《說文段注改篆評議》，蔣冀騁著，長沙：湖南教育出版社，1993 年。

〔147〕 《說文古本考》，（清）沈濤撰，《續修四庫全書》第 222 冊，上海：上海古籍出版社，1995 年。

〔148〕 《說文箋識四種》，黃侃箋識，黃焯編次，上海：上海古籍出版社，1983 年。

〔149〕 《說文解字》，（漢）許慎撰，（宋）徐鉉校定，北京：中華書局，1963 年。

〔150〕 《說文解字詁林》，丁福保編纂，北京：中華書局，1988 年。

〔151〕 《說文解字句讀》，（清）王筠撰，北京：中華書局，1988 年。

〔152〕 《說文解字羣經正字》，（清）邵瑛撰，《續修四庫全書》第 211 冊，上海：上海古籍出版社，1995 年。

〔153〕 《說文解字繫傳》，（南唐）徐鍇撰，北京：中華書局，1987 年。

〔154〕 《說文解字義證》，（清）桂馥撰，北京：中華書局，1987 年。

〔155〕 《說文解字注》，（清）段玉裁撰，上海：上海古籍出版社，1981 年。

〔156〕 《說文解字注箋》，（清）徐灝撰，《續修四庫全書》第 225-227 冊，上海：上海古籍出版社，1995 年。

〔157〕 《說文釋例》，（清）王筠撰，北京：中華書局，1987 年。

〔158〕 《說文通訓定聲》，（清）朱駿聲撰，北京：中華書局，1984 年。

〔159〕　《說文新附考》，（清）鈕樹玉撰，《續修四庫全書》第213冊，上海：上海古籍出版社，1995年。

〔160〕　《說文新附考》，（清）鄭珍撰，《續修四庫全書》第213冊，上海：上海古籍出版社，1995年。

〔161〕　《說文引經證例》，（清）承培元著，《續修四庫全書》第222冊，上海：上海古籍出版社，1995年。

〔162〕　《說苑校證》，向宗魯著，北京：中華書局，1987年。

〔163〕　《宋本廣韻》，（宋）陳彭年等編，北京：中國書店，1982年。

〔164〕　《宋本玉篇》，（南朝梁）顧野王撰，（宋）孫強重修，北京：中國書店，1983年。

〔165〕　《宋刻集韻》，（宋）丁度等編，北京：中華書局，2005年第2版。

〔166〕　《宋書》，（南朝梁）沈約撰，北京：中華書局，1974年。

〔167〕　《隋書》，（唐）魏徵等撰，北京：中華書局，1973年。

T

〔168〕　《太平御覽》，（宋）李昉等編，北京：中華書局，1960年。

〔169〕　《唐鈔本》，日本大阪市立美術館編，臺北：明文書局，1981年。

〔170〕　《唐五代西北方音》，羅常培著，北京：科學出版社，1961年。

〔171〕　《唐五代韻書集存》，周祖謨編，北京：中華書局，1983年。

〔172〕　《天津市藝術博物館藏敦煌文獻》，上海古籍出版社、天津市藝術博物館合編，上海：上海古籍出版社，1996-1997年。

〔173〕　《同源字典》，王力著，北京：商務印書館，1982年。

〔174〕《同源字典補》，劉鈞杰著，北京：商務印書館，1999年。
〔175〕《吐魯番出土文書〔肆〕》，唐長孺主編，北京：文物出版社，1996年。
〔176〕《吐魯番考古記》，黃文弼著，考古學特刊第三號，北京：中國科學院，1954年。

W

〔177〕《王重民向達所攝敦煌西域文獻照片合集》，李德範主編，北京：北京圖書館出版社，2008年。
〔178〕《緯書集成》，〔日〕安居香山、中村璋八輯，石家莊：河北人民出版社，1994年。
〔179〕《文選版本論稿》，范志新著，南昌：江西人民出版社，2003年。
〔180〕《文選版本研究》，傅剛著，北京：北京大學出版社，2000年。
〔181〕《文選導讀》，屈守元著，北京：中國國際廣播出版社，2008年。
〔182〕《文選古字通疏證》，（清）薛傳均撰，《益雅堂叢書》本。
〔183〕《文選集注研究》，邱棨鐊著，臺北：文選學研究會，1978年。
〔184〕《文選箋證》，（清）胡紹煐撰，合肥：黃山書社，2007年。
〔185〕《文選考異》，（清）胡克家撰，附見胡刻本《文選》，北京：中華書局，1977年。
〔186〕《〈文選〉李善注の研究》，〔日〕富永一登著，東京：研文出版，1999年。

〔187〕　《文選李注義疏》，高步瀛著，北京：中華書局，1985年。

〔188〕　《文選旁證》，（清）梁章鉅撰，福州：福建人民出版社，2000年。

〔189〕　《文選平點》（重輯本），黃侃著，黃延祖重輯，北京：中華書局，2006年。

〔190〕　《文選學》，駱鴻凱著，北京：中華書局，1989年。

〔191〕　《文選之研究》，〔日〕岡村繁著，《岡村繁全集》第2卷，陸曉光譯，上海：上海古籍出版社，2002年。

〔192〕　《文源》，林義光著，上海：中西書局，2012年。

〔193〕　《文字學概要》，裘錫圭著，北京：商務印書館，1988年。

〔194〕　《問學集》，周祖謨著，北京：中華書局，1966年。

〔195〕　《五經文字》，（唐）張參撰，《叢書集成初編》本，上海：商務印書館，1936年。

X

〔196〕　《西京雜記》，（晉）葛洪撰，《古小說叢刊》本，北京：中華書局，1985年。

〔197〕　《西溪叢語》，（宋）姚寬撰，《唐宋史料筆記叢刊》本，北京：中華書局，1993年。

〔198〕　《謝康樂詩注》，黃節注，北京：人民文學出版社，1958年。

〔199〕　《新加九經字樣》，（唐）唐玄度撰，《叢書集成初編》本，上海：商務印書館，1936年。

〔200〕　《新校互注宋本廣韻》，余迺永校注，上海：上海辭書出版社，2000年。

〔201〕　《新唐書》，（宋）歐陽修、宋祁撰，北京：中華書局，1975

年。

〔202〕《學林》，（宋）王觀國著，北京：中華書局，1988 年。

〔203〕《荀子集解》，（清）王先謙撰，北京：中華書局，1988 年。

〔204〕《訓詁學概論》，齊佩瑢著，北京：中華書局，2004 年。

Y

〔205〕《顏氏家訓集解》（增補本），王利器撰，北京：中華書局，
　　　　1993 年。

〔206〕《顏真卿書干祿字書》，施安昌編，北京：紫禁城出版社，
　　　　1990 年。

〔207〕《揚雄方言校釋匯證》，華學誠匯證，北京：中華書局，2006
　　　　年。

〔208〕《揚雄集校注》，張震澤校注，上海：上海古籍出版社，1993
　　　　年。

〔209〕《一切經音義》，（唐）釋玄應撰，《叢書集成初編》本，上海：
　　　　商務印書館，1936 年。

〔210〕《一切經音義》，（唐）釋玄應撰，《中華大藏經》影印明永樂
　　　　南藏本，北京：中華書局，1993 年。

〔211〕《一切經音義三種校本合刊》，徐時儀校注，上海：上海古籍
　　　　出版社，2008 年。

〔212〕《易經異文釋》，（清）李富孫撰，《續修四庫全書》第 27 冊，
　　　　上海：上海古籍出版社，1995 年。

〔213〕《藝文類聚》，（唐）歐陽詢撰，上海：上海古籍出版社，1982
　　　　年。

〔214〕《英藏敦煌文獻（漢文佛經以外部分）》，中國社會科學院歷史

研究所等編，成都：四川人民出版社，1990-1995 年。

〔215〕　《英國博物館藏敦煌漢文寫本注記目錄》（*Descriptive Catalogue of the Chinese Manuscripts from Tunhuang in the British Museum*），〔英〕翟理斯撰，倫敦，1957 年；此據黄永武主編《敦煌叢刊初集》第 1 冊，臺北：新文豐出版公司，1985 年。

〔216〕　《英國圖書館藏敦煌漢文非佛教文獻殘卷目錄（S.6981-13624）》，榮新江編著，臺北：新文豐出版公司，1994 年。

〔217〕　《語言文字學論叢》，蔣禮鴻著，《蔣禮鴻集》第 3 卷，杭州：浙江教育出版社，2001 年。

〔218〕　《玉篇（殘卷）》，（南朝梁）顧野王撰，《續修四庫全書》第 228 冊，上海：上海古籍出版社，1995 年。

〔219〕　《玉篇校釋》，胡吉宣著，上海：上海古籍出版社，1989 年。

〔220〕　《玉臺新詠箋注》，（南朝陳）徐陵編，（清）吳兆宜注，程琰刪補，北京：中華書局，1985 年。

〔221〕　《原本玉篇殘卷》，（南朝梁）顧野王撰，北京：中華書局，1985 年。

〔222〕　《樂府詩集》，（宋）郭茂倩編，北京：中華書局，1979 年。

　　　　Z

〔223〕　《增訂文心雕龍校注》，（南朝梁）劉勰著，（清）黄叔琳注，李詳補注，楊明照校注拾遺，北京：中華書局，2012 年。

〔224〕　《札樸》，（清）桂馥撰，北京：中華書局，1958 年。

〔225〕　《戰國策集注匯考》（增補本），諸祖耿撰，南京：鳳凰出版社，2008 年。

〔226〕　《戰國策箋證》，范祥雍箋證，上海：上海古籍出版社，2006

年。

〔227〕《昭明文選雜述及選講》，屈守元著，天津：天津古籍出版社，1988年。

〔228〕《正字通》，（明）張自烈撰，《續修四庫全書》第234-235冊，上海：上海古籍出版社，1995年。

〔229〕《中國歷史博物館藏法書大觀》第12卷《戰國秦漢唐宋元墨迹》，史樹青主編，呂長生分卷主編，京都：柳原書店，上海：上海教育出版社，1999年。

〔230〕《中華字海》，冷玉龍、韋一心等編，北京：中華書局，北京：中國友誼出版公司，1994年。

〔231〕《周禮漢讀考》，（清）段玉裁撰，《段玉裁全集》之二《經韵樓集》附錄，南京：鳳凰出版社，2010年。

〔232〕《周禮校勘記》，（清）阮元撰，《清經解》第5冊，上海：上海書店，1988年。

〔233〕《周禮正義》，（清）孫詒讓撰，北京：中華書局，1987年。

〔234〕《篆隸萬象名義》，〔日〕釋空海編，北京：中華書局，1995年。

〔235〕《莊子集釋》，（清）郭慶藩撰，北京：中華書局，1961年。

〔236〕《資暇集》，（唐）李匡乂撰，《叢書集成初編》本，上海：商務印書館，1939年。

〔237〕《字詁義府合按》，（清）黃生撰，黃承吉合按，北京：中華書局，1984年。

（二）論文

〔1〕　白化文：《敦煌遺書中〈文選〉殘卷綜述》，趙福海等主編：《昭

　　　明文選研究論文集》，長春：吉林文史出版社，1988 年。

〔2〕　蔡鏡浩：《〈睡虎地秦墓竹簡〉注釋補正》（一），《文史》第 29
　　　輯，北京：中華書局，1988 年。

〔3〕　范志新：《俄藏敦煌寫本 Φ.242〈文選注〉與李善五臣陸善經諸
　　　家注的關係——兼論寫本的成書年代》，《敦煌研究》2003 年第
　　　4 期。

〔4〕　伏俊連：《從敦煌唐寫本殘卷看李善〈文選注〉的體例》，《社科
　　　縱橫》1993 年第 4 期。

〔5〕　傅剛：《從〈文選序〉幾種寫、鈔本推論其原貌》，《廣西師範大
　　　學學報》（哲學社會科學版）2004 年第 1 期。

〔6〕　傅剛：《俄藏敦煌寫本 Φ242 號〈文選注〉發覆》，《文學遺產》
　　　2000 年第 4 期。

〔7〕　傅剛：《〈文選〉版本敘錄》，《國學研究》第 5 卷，北京：北京
　　　大學出版社，1998 年。

〔8〕　傅剛：《〈文選〉李善注原貌考論》，《文史》2000 年第 2 輯。

〔9〕　傅剛：《永隆本〈西京賦〉非盡出李善本說》，《中華文史論叢》
　　　第 60 輯，上海：上海古籍出版社，1999 年。

〔10〕　岡村繁：《〈文選集注〉與宋明版本的李善注》，趙福海主編《文
　　　選學論集》，長春：時代文藝出版社，1992 年。

〔11〕　岡村繁：《永青文庫藏敦煌本〈文選注〉箋訂》，王元化主編《學
　　　術集林》（繁體字本）第 14 卷，上海：上海遠東出版社，1998
　　　年。

〔12〕　岡村繁：《永青文庫藏敦煌本〈文選注〉箋訂》（續篇），王元化
　　　主編《學術集林》（繁體字本）第 15 卷，上海：上海遠東出版
　　　社，1999 年。

〔13〕 高明：《說文解字傳本續考》，《高明小學論叢》，臺北：黎明文化事業公司，1988 年。

〔14〕 龔澤軍：《敦煌本〈文選注〉補校》，《敦煌學輯刊》2011 年第 2期。

〔15〕 郭沫若：《釋和言》，《甲骨文字研究》，《郭沫若全集・考古編》第 1 卷，北京：科學出版社，1982 年。

〔16〕 華蕾立：《文選》（Valérie Lavoix: *L'anthologie des belles-lettres*），〔法〕JP・德熱吉主編：《可讀性的製造：中國古代中世紀手稿的文本化 》（JP Drège（ed）: *La fabrique du lisible: la mise en texte des manuscrits de la Chine ancienne et médiévale*），巴黎，2014 年。

〔17〕 黃偉豪：《俄藏敦煌寫本 Φ242〈文選注〉著作年代辨》，《文學遺產》2012 年第 1 期。

〔18〕 黃志祥：《唐寫本〈文選劉孝標辯命論〉斠理》，《書目季刊》第 21 卷第 1 期，1987 年。

〔19〕 金少華：《P.2528〈西京賦〉寫卷為李善注原本考辨》，《敦煌研究》2013 年第 4 期。

〔20〕 金少華：《敦煌吐魯番本〈文選〉研究》，浙江大學 2008 年碩士學位論文。

〔21〕 金少華：《李善引書「各依所據本」注例考論》，《文史》2010 年第 4 輯。

〔22〕 景浩：《佚名〈文選注〉綜合研究——以〈敦煌本文選注〉研究為起點》，《文史》2015 年第 3 輯。

〔23〕 李梅：《敦煌吐魯番寫本〈文選〉研究——從語言文獻角度的考察》，浙江大學 2003 年碩士學位論文。

〔24〕 李永寧：《本所藏〈文選・運命論〉殘卷介紹》，《敦煌研究》創

刊號，1983 年 12 月。

〔25〕 李永寧、程亮：《王重民敦煌遺書手稿整理》，《敦煌研究》2004
年第 5 期。

〔26〕 劉明：《俄藏敦煌 Φ242〈文選注〉寫卷校釋》，《古籍整理研究
學刊》2008 年第 6 期。

〔27〕 劉明：《俄藏敦煌 Φ242〈文選注〉寫卷臆考》，《文學遺產》
2008 年第 2 期。

〔28〕 劉明：《天津藝術博物館藏敦煌本〈文選注〉校議》（一），《敦
煌學研究》2006 年第 1 期，首爾：首爾出版社，2006 年 4 月。

〔29〕 劉明：《天津藝術博物館藏敦煌本〈文選注〉校議》（二），《敦
煌學研究》2006 年第 2 期，首爾：首爾出版社，2006 年 8 月。

〔30〕 劉盼遂：《〈文選〉篇題考誤》，《國學論叢》第 1 卷第 4 號，
1928 年 10 月。

〔31〕 羅國威：《敦煌本斯五五五〇〈文選·晉紀總論〉校證》，中國
文選學研究會、河南科技學院中文系編《中國文選學》，北京：
學苑出版社，2007 年。

〔32〕 羅國威：《敦煌石室〈文選〉李善注本殘卷考》，《西南民族大學
學報》（人文社科版）2007 年第 1 期。

〔33〕 羅國威：《俄藏敦煌本 Φ242〈文選注〉的文獻價值》，《古籍整
理研究學刊》1998 年第 2 期。

〔34〕 羅國威：《新發現的謝靈運佚文及〈述祖德詩〉佚注》，《遼寧大
學學報》1996 年第 3 期。

〔35〕 羅振玉：《敦煌石室書目及發見之原始》，《東方雜誌》第 6 卷第
10 期，1909 年。

〔36〕 羅振玉：《莫高窟石室秘錄》，《東方雜誌》第 6 卷 11 期，1909

年。
〔37〕秦丙坤：《〈德藏吐魯番本文選校議〉商兑補校》，《圖書館雜誌》2009年第9期。
〔38〕秦丙坤：《〈德藏吐魯番本文選校議〉摭遺校補》，《敦煌研究》2010年第3期。
〔39〕秦丙坤：《敦煌寫本〈吳都賦〉校釋》，《圖書館雜誌》2005年第2期。
〔40〕秦丙坤：《吐魯番寫本〈文選〉殘卷及其價值》，《圖書與情報》2004年第6期。
〔41〕清水凱夫：《〈文選〉李善注的性質》，中國文選研究會編《〈文選〉與「文選學」》，北京：學苑出版社，2003年。
〔42〕屈守元：《跋日本古抄無注三十卷本〈文選〉》，趙福海主編《文選學論集》，長春：時代文藝出版社，1992年。
〔43〕饒宗頤：《敦煌本文選斠證》（一），《新亞學報》第3卷第1期，1957年8月。
〔44〕饒宗頤：《敦煌本文選斠證》（二），《新亞學報》第3卷第2期，1958年2月。
〔45〕榮新江：《〈英藏敦煌文獻〉寫本定名商補》，《文史》2000年第3輯。
〔46〕榮新江：《柏林通訊》，王元化主編《學術集林》卷10（繁體字本），上海：上海遠東出版社，1997年。
〔47〕榮新江：《德國「吐魯番收集品」中的漢文典籍與文書》，饒宗頤主編《華學》第3輯，北京：紫禁城出版社，1998年。
〔48〕榮新江：《驚沙撼大漠——向達的敦煌考察及其學術意義》，《敦煌吐魯番研究》第7卷，北京：中華書局，2004年。

〔49〕榮新江：《中國國家圖書館善本部藏德國吐魯番文獻舊照片的學
　　　術價值》，國家圖書館善本特藏部敦煌吐魯番學資料研究中心編
　　　《敦煌學國際研討會論文集》，北京：北京圖書館出版社，2005
　　　年。

〔50〕榮新江：《書評：〈中國歷史博物館藏法書大觀〉第十一卷〈晉
　　　唐寫經・晉唐文書〉、第十二卷〈戰國秦漢唐宋元墨迹〉》，《敦
　　　煌吐魯番研究》第 5 卷，北京：北京大學出版社，2001 年。

〔51〕邵榮芬：《〈晉書音義〉反切的語音系統》，《語言研究》1981 年
　　　創刊號。

〔52〕邵榮芬：《敦煌俗文學中的別字異文和唐五代西北方音》，《邵榮
　　　芬音韻學論集》，北京：首都師範大學出版社，1997 年。

〔53〕沈兼士：《聯緜詞音變略例》，《沈兼士學術論文集》，北京：中
　　　華書局，1986 年。

〔54〕施萍婷：《俄藏敦煌文獻經眼錄之一》，《敦煌研究》1996 年第 2
　　　期。

〔55〕石塚晴通：《敦煌の加點本》，〔日〕池田溫主編《講座敦煌・
　　　五・敦煌漢文文獻》，東京：大東出版社，1992 年。

〔56〕狩野直喜：《唐鈔本〈文選〉殘篇跋》，《支那學》第 5 卷第 1 號，
　　　1929 年 3 月。

〔57〕束錫紅、府憲展：《德藏吐魯番本〈文選〉校議》，《西域研究》
　　　2006 年第 3 期。

〔58〕斯波六郎：《文選諸本研究》，〔日〕斯波六郎等編《文選索引》
　　　第 1 冊，李慶譯，上海：上海古籍出版社，1997 年。

〔59〕蘇芃：《〈玉篇〉「魚部」殘卷誤綴考》，《中國語文》2009 年第
　　　3 期。

〔60〕 王德華：《李善〈文選〉注體例管窺》，中國文選學研究會編《文選與文選學》，北京：學苑出版社，2003 年。

〔61〕 王禮卿：《〈選〉注釋例》，俞紹初、許逸民主編《中外學者文選學論集》，北京：中華書局，1998 年。

〔62〕 王力：《南北朝詩人用韻考》，《王力語言學論文集》，北京：商務印書館，2000 年。

〔63〕 王力群：《敦煌本〈文選〉李善注研究》，《文學遺產》2013 年第 4 期。

〔64〕 徐復：《變音疊韻詞纂例》，《徐復語言文字學叢稿》，南京：江蘇古籍出版社，1990 年。

〔65〕 徐復：《變音疊韻詞補例》，《徐復語言文字學晚稿》，南京：江蘇古籍出版社，2007 年。

〔66〕 徐復：《讀文選札記》，《徐復語言文字學叢稿》，南京：江蘇古籍出版社，1990 年。

〔67〕 徐俊：《敦煌本〈文選〉拾補》，中國文選研究會編《〈文選〉與「文選學」》，北京：學苑出版社，2003 年。

〔68〕 徐俊：《書評：〈敦煌吐魯番本文選〉、〈敦煌本昭明文選研究〉、〈敦煌本文選注箋證〉、〈文選版本研究〉》，《敦煌吐魯番研究》第 5 卷，北京：北京大學出版社，2001 年。

〔69〕 徐明英、熊紅菊：《俄藏 Ф242 敦煌寫本〈文選注〉的避諱與年代》，《敦煌學輯刊》2010 年第 4 期。

〔70〕 徐真真：《敦煌本〈文選音〉殘卷研究》，浙江大學 2003 年碩士學位論文。

〔71〕 徐之明：《李善反切系統中特殊音切例釋》，《古漢語研究》2000 年第 1 期。

〔72〕徐之明：《〈文選〉李善音注聲類考》，《貴州大學學報》1994 年第 4 期。

〔73〕徐之明：《〈文選〉李善注音切校議》，《貴州大學學報》1995 年第 3 期。

〔74〕徐之明：《〈文選〉聯綿字李善易讀音切考辨》，《貴州大學學報》1997 年第 1 期。

〔75〕徐之明：《〈文選〉聯綿字李善易讀音切續考》，《貴州大學學報》1997 年第 4 期。

〔76〕許建平：《整理敦煌文獻時需要注意的幾個問題》，劉進寶主編《百年敦煌學：歷史 現狀 趨勢》，蘭州：甘肅人民出版社，2009 年。

〔77〕許壽裳：《敦煌秘籍留真新編序》，〔日〕神田喜一郎輯《敦煌秘籍留真新編》，此據黃永武主編《敦煌叢刊初集》第 9 冊，臺北：新文豐出版公司，1985 年。

〔78〕許雲和：《俄藏敦煌寫本 Φ242 號文選注殘卷考辨》，《學術研究》2007 年第 11 期。

〔79〕葉愛國：《俄藏 Φ.242 敦煌寫本〈文選注〉晚於李善注及五臣注之鐵證》，《敦煌研究》2004 年第 2 期。

〔80〕游志誠：《敦煌古抄本文選五臣注研究》，臺灣中正大學中國文學系編《全國敦煌學研討會論文集》，嘉義：中正大學，1995 年。

〔81〕張錫厚：《書評：〈敦煌賦校注〉》，《敦煌吐魯番研究》第 1 卷，北京：北京大學出版社，1996 年。

〔82〕張錫厚：《探幽發微 佚篇薈萃——讀〈敦煌賦校注〉》，《西北師大學報》（社會科學版）第 33 卷第 1 期，1996 年 1 月。

〔83〕 張月雲：《宋刊〈文選〉李善單注本考》，俞紹初、許逸民主編《中外學者文選學論集》，北京：中華書局，1998年。

〔84〕 趙家棟：《敦煌本〈文選注〉字詞考辨》，《寧夏大學學報》（人文社會科學版）第32卷第3期，2010年5月。

後　記

　　二〇〇六年，我考入浙江大學古籍研究所中國古典文獻學專業，師從許建平教授攻讀碩士學位，許師為我確定了敦煌吐魯番出土《文選》寫卷的研究方向，此後我便一直從事寫本《文選》的考索，忽忽至今，已過十年。期間在張涌泉師指導下撰寫的博士學位論文《古抄本〈文選集注〉研究》已於二〇一五年由浙江大學出版社出版，而這本《敦煌吐魯番本〈文選〉輯校》從頭到尾見證了我十年來的學習歷程，其中甘苦，一言難盡。

　　我的碩士學位論文《敦煌吐魯番本〈文選〉研究》分上下兩編，上編對當時已收集到的《文選》寫卷加以敘錄，下編選取九十餘個條目作詳細考證。博士畢業後，蒙孔令宏師不棄收入博士後流動站，申請了中國博士後科學基金面上資助（2011M501318），使我又獲得兩年安心寫作的時間，終於將目前已公布的敦煌吐魯番寫本《文選》整理完畢。本書得以出版，包含了三位導師的指點與關懷，謹此致以衷心感謝！

非常感謝許建平師賜序，我當然明白許師的褒揚之辭不過是出於一貫的對學生的溺愛，却也難掩如釋重負的竊喜。

同門郜同麟博士曾通讀全部書稿，多所諟正，責任編輯張小苹博士為本書的出版傾注了大量心血，謹向兩位表示誠摯的謝意。同時感謝柏林國家博物院及亞洲藝術博物館（Staatliche Museen zu Berlin，Museum für Asiatische Kunst）和 Lilla Russell-Smith 女士的幫助。

小兒仲霖正牙牙學語，願他健康快樂成長。

金少華
丁酉夏至於東京

地域文化研究叢書．敦煌文化研究叢刊　A0204031

敦煌吐魯番本《文選》輯校　下冊

作　　者　金少華
版權策畫　李煥芹
責任編輯　曾湘綾

發 行 人　林慶彰
總 經 理　梁錦興
總 編 輯　張晏瑞
編 輯 所　萬卷樓圖書股份有限公司
排　　版　菩薩蠻數位文化有限公司
印　　刷　博創印藝文化事業有限公司
封面設計　菩薩蠻數位文化有限公司

出　　版　昌明文化有限公司
桃園市龜山區中原街 32 號
電話 (02)23216565
發　　行　萬卷樓圖書股份有限公司
臺北市羅斯福路二段 41 號 6 樓之 3
電話 (02)23216565
傳真 (02)23218698
電郵 SERVICE@WANJUAN.COM.TW
大陸經銷
廈門外圖臺灣書店有限公司
　　電郵 JKB188@188.COM

ISBN 978-986-496-483-3
2021 年 3 月初版二刷
2019 年 3 月初版
定價：新臺幣 360 元

如何購買本書：

1. 轉帳購書，請透過以下帳戶
　 合作金庫銀行 古亭分行
　 戶名：萬卷樓圖書股份有限公司
　 帳號：0877717092596
2. 網路購書，請透過萬卷樓網站
　 網址 WWW.WANJUAN.COM.TW

大量購書，請直接聯繫我們，將有專人為您
服務。客服：(02)23216565 分機 610

如有缺頁、破損或裝訂錯誤，請寄回更換
版權所有·翻印必究
Copyright©2021 by WanJuanLou Books CO., Ltd.
All Right Reserved　　　　Printed in Taiwan

國家圖書館出版品預行編目資料

敦煌吐魯番本<<文選>>輯校　下冊 / 金少華
著.-- 初版.-- 桃園市：昌明文化出版；臺北
市：萬卷樓發行, 2019.03
　　冊；　公分
ISBN 978-986-496-483-3(下冊：平裝)

1.文選 2.研究考訂 3.敦煌學

830.18　　　　　　　　　　108003214

本著作物經廈門墨客知識產權代理有限公司代理，由浙江大學出版社授權萬卷樓圖書股
份有限公司出版、發行中文繁體字版版權。
本書為金門大學產合作成果。　　　　　　　　　校對：洪婉妮／華語文學系三年級